—————— 阅读之前 没有真相

午夜文库

朋友以上，侦探未满

[日]麻耶雄嵩 著
赵滢 译

新 星 出 版 社　NEW STAR PRESS

目录

1　伊贺之乡杀人事件
91　半梦半醒杀人事件
149　暑假集训杀人事件

伊贺之乡杀人事件

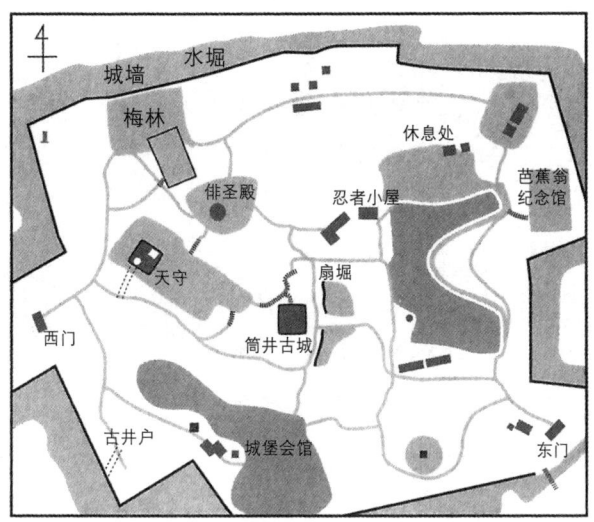

图一 上野城公园地图 伊贺里推理之旅

广小路正树　　芭蕉
广小路爱希　　黑忍者
广小路阳太　　青忍者

上林佑纪　　　青忍者
上林绘梨子　　黄忍者
西大手晴清　　芭蕉

猪田道夫　　　黄忍者
茅町一郎　　　黑忍者

0

"我想拜托你们一件事。"

广播社的广播室窗帘紧闭,有些昏暗,社长把胳膊撑在桌子上,双手在身前交握,如此说道。

"什么事啊,社长?"看到对方一改往日的态度,伊贺桃警惕地询问道。

黑框眼镜的镜片反射着荧光灯的亮光,让人看不到社长的眼神,显得更加诡异。一般社长拿出这种态度的时候,就是要开始说教了。

是谁闯祸了吗?

桃慌忙在脑内存储器中检索,没有检索到任何不当之处。上周因为聊天聊得太投入,不小心把橙汁洒在了播音器材上,但当时已经挨了一顿臭骂了啊。

既是好朋友也是竞争对手的上野青站在自己身边,也在吞着口水。因为今天她们是同时被叫到这里来的,平时很少会这样。

"我希望你们能去周末举办的伊贺推理之旅活动上采访。"

"咦,让我们去采访?"不是说教,让人松了口气,但听到这意外的安排,桃还是下意识地提出了反问。

"听着就麻烦。"

青直接说出了心里话。她这个人不太擅长表达情绪,她的表情没有任何变化,声音却明显带有消极的态度。

"喂,怎么能说采访麻烦呢,那你们为什么要加入广播社?"

"因为没有推理研究会。"桃当即给出了答案。

这是自五月份入社到现在的两个多月里重复过无数次的对话。青也默默点了点头。因为没有推理研究会，所以她们一开始加入了文艺社，但其他社员都一副太宰治的气质，她们实在融入不进去，后来兜兜转转，不知道怎么的就来到了广播社。

"好吧，好吧。怪我，不该问你们这两个广播社的问题儿童这种问题。"

社长重重地叹了口气，锐利的目光透过镜片，盯着二人，继续说："总而言之，其他高一的学生都已经完成了，就差你们俩了。采访报告可是高一的必修课。今年新社员少，我才没催着管你们要，但如果拒绝，就真的只能请你们退社了。"

社长从抽屉里取出退社申请表，在二人眼前晃了晃。必填的项目社长已经用他那有些丑的字填好，只剩下签名了。

"怎么这样……难得的休息场所……"桃发出悲鸣。

青也呼应般地嘟哝道："安静的读书空间就要没了……"

"Shut up！"社长的拳头锤在桌子上，发出咚的一声。"就因为你们俩，其他社员都开始变得懒散了。每天带着点心和果汁，在这里叽叽喳喳、叽叽喳喳。既然加入了广播社，就得干活！不干活就给我滚蛋！"

1

三重县伊贺市。这是一个西邻奈良县，北邻滋贺县，和京都府也稍稍接壤，人口不到十万的山间小城。作为伊贺忍者的故乡，又是松尾芭蕉的诞生地，此地早已闻名遐迩。为此，每年都有大量游客到访伊贺。

为了让伊贺更加繁荣，市政府和旅游协会协助参与策划了这个"伊贺之乡推理之旅"。该活动于五年前开办，以分散在伊贺市内的名胜古迹为题，用猜谜的形式巡游景点，每个月举办两次，活动时间是周六上午到周日上午。

第一天，主办方会在市内名为伊贺上野城的酒店里组织参加活动的人猜谜，第二天在上野城公园内举行猜谜比赛。排名靠前的参赛者会得到一个空白的卷轴，将自己创作的俳句写在卷轴上，之后会在俳圣殿中展示。

"快点儿！这边，这边。"

桃一手拿着麦克风，一手拉着青的左手。青的右手则拿着手持摄像机。

桃和青今年高一，是三重县立伊贺野高中的广播社社员。二人都穿着水手服，上身是白衬衫，灰色领子加蓝色丝带，下身是藏青色的裙子。这是伊贺野高中的夏季校服。她们的左臂上套着印有忍者剪影的黄色袖章。

"啊……忘涂防晒了。"

梅雨季刚过，太阳很毒。

"一会儿在药妆店买一瓶不就好了吗？"

"那就晚了。幸福女神和紫外线可不等人。"青展示着自己白得透明的胳膊。

"那就等这边的工作结束再去。要怪就怪你自己一直睡到中午。"

左右摇晃着黑色的马尾辫，桃用圆圆的茶色眼睛瞪了青一眼。桃圆圆糯糯的脸蛋，红润的皮肤，不禁让人联想到豆面年糕。

桃家世代都住在伊贺，据说是忍者的后代。或许是受到这个因素的影响，桃的哥哥虽然不是幕府密探，但也是一名堂堂的伊贺警署的刑警。他们的父亲则是个普通的上班族。

"我低血压，没办法。这就是宿命。"

青用细长的眼睛瞪了回去。青的皮肤白得透明，与黑中带一点蓝色的短发形成鲜明的对比。要形容的话，青就是瘦瘦的草莓大福。

两年前因父亲工作调动，青一家从东京的上野搬到了这里。同样是上野，但不是伊贺上野，而是东京的上野。再加上她姓上野，也就是三重上野了。青是独生女，母亲在她很小的时候就离世了，她现在和做医生的父亲一起生活。

初中二年级的春天，青转到了桃所在的班级。她是个沉默寡言的冷漠女生，但因为共同的理想——成为侦探，很快和桃成了志同道合的伙伴。之后又因为发生在梅雨季的一起抢劫案，二人成了搭档。话虽如此，基本上都是桃依赖青。自那之后，两人会一起解决发生在校内的种种事件，还取了各自的名字桃和青，以名侦探"桃青组合"的身份受到班级里同学们的赞扬。

其实除了校内的事件，她们还曾帮助桃的哥哥伊贺空解决过杀人案，但由于功劳都记在了哥哥的头上，几乎没人知道她们有多么出色。

上了高中，桃青组合依然在暗中活跃，但除了同样考上这所高中的曾经的初中同班同学，其他人都像社长一样，以为她们两个只是单纯喜欢推理的高一学生而已。

"赶上了！你们好，可以打搅一下吗？"

桃朝着刚好走出蓑虫庵大门的一对男女递出麦克风。

蓑虫庵是芭蕉的门人建造的古风草堂，因为芭蕉到访这里时咏过"来草庵倾听蓑虫之声"，故取名蓑虫庵。如今只剩下不大的院子和草庵孤零零地立在民宅和高楼林立的城市一角。

对桃的麦克风做出反应的二人,一个是四十多岁的中年男子,另一个是三十岁上下的女性。身高都在一米六五以上,身材纤瘦。胳膊上套着和桃她们同样的袖章,袖章是这项活动参与者的标记。

"可以耽误你们一点时间,问几个问题吗?"

桃露出洁白的牙齿,直截了当地问道。身后的青也举起了摄像机。

这对男女似乎已经从酒店的工作人员口中得知了采访的事,欣然答应。不过女性的表情有些不悦,也没提前打招呼,就自顾自地点燃一支细薄荷烟,吞云吐雾起来。薄荷的味道很快飘到了桃的鼻子里。这里和大城市不同,没有禁烟区域,但从礼貌的角度出发,这样的举止让人难以恭维。

"请问,是广小路爱希女士吗?"

桃看着从酒店拿到的参加者名单,出声询问。名单上的名字旁边还标记着衣服的种类。

参加这项活动的人会穿着芭蕉或忍者的服装,也算是某种角色扮演吧。主办方准备的服装共有五类:芭蕉旅行时的装束——黑色僧衣加上土黄色匠头巾,以及四种颜色的忍者服。忍者服有黑、青、黄、粉四个颜色,从头包到脚。这次共有八个人参加,比较稀奇的是,没人选粉色。那可是桃的首选。

眼前这位女性穿的是黑色的忍者服,男性则是芭蕉的旅行装。根据名单上的记录,黑忍者有两人,一男一女。因此桃很轻松就确定了爱希的名字。

"是我。"爱希点了点头,"没想到这个活动还会公开姓名。"

似乎是突然意识到涉及个人隐私问题,爱希把挂在胸前的墨镜戴上了。她鼻梁高挺，是个美人，但眼下所有注意力都被那叼着烟的红唇吸引了。

就像爱希抱怨的那样，名单不仅交给了桃她们，还堂而皇之地张贴在了酒店大堂里。

"又不是拿来做坏事，无所谓吧。"旁边的中年男人安慰似的把手放在了女人的肩膀上。

"别这样。"爱希懒洋洋地把男人的手甩开。

"旁边这位是广小路正树先生吗？"

名单上穿芭蕉装束的有两个人，都是男性，桃猜了姓氏和女人相同的那个。

"对，是我。"正树的嘴边留着胡子，露出色眯眯的笑容。

"我是WIDE ROAD的社长广小路正树。WIDE ROAD的业务范围非常广泛，大到公共事业，小到住宅建造。原本只是一家小公司，在父辈的精心经营下……"

对方说话时越靠越近，感觉口水都要喷到自己脸上了。桃有些不知所措。

"在这种乡下地方对一个高中女生夸夸其谈，你还真是不挑食啊。"爱希不可置信地吐槽道。

"今天二位是从哪里来的呢？"

"名古屋。WIDE ROAD的总公司位于名古屋的中村区。整栋楼都是我们公司的，一共六层。入口还有个很大的旋转门呢。"

对方又开始炫耀自己的公司了，桃急忙插话："请问……二位是夫妻吗？"

听到这个问题，正树咧嘴笑了。

"不是！"爱希冷冷地否定了。一缕烟借着说话时的力道朝着桃飘来。

"他是我叔叔。"

"这样啊。那么这次二位是一起参加的吗？"

"原本是这么打算的……但有个多余的家伙跟来了。"

隔着墨镜都能感受到她的不耐烦。

"那么，请问另外一位呢？"

"去别处了，叫什么辻的地方。"

"键屋之辻。荒木又右卫门复仇的地方，非常有名。"正树摸着胡子，得意地补充道。

"对、对，就是这个名字。他是想好好露一手，让叔叔刮目相看吧。"

"别这么说嘛。他还是挺努力的。"

"叔叔太溺爱阳太了。"

爱希的语气中带着责难，感觉很快就会因为争风吃醋吵起来，桃赶紧插话："正树先生对伊贺很了解啊。"

"其实我是因为喜欢芭蕉，每次芭蕉祭我都会投稿，衣服选的也是芭蕉的。我来参加这个活动也是因为听说如果能获得前几名，自己的俳句就能展示在俳圣殿里。要是早知道有这个活动，我早就来参加了。"

爱希语气冷淡地说："水平不行，投稿多少次人家也不会采用。看来叔叔也没有什么文采。"

"怎么能这么说呢。只是评委不懂我的感性罢了。如果评委是芭蕉，他肯定会采用我的俳句。"

"也就是说，你的感性停留在江户时代？"

"谢、谢谢二位。祝你们在活动中取得好成绩。"

匆忙行礼过后，桃逃离似的走开了，直到看不到他们的背影，才重重吐了口气。平时笔挺的后背此时也弯了。

"采访居然这么累。青，你来吧。"

"不要，我是摄像师。当初不是说好了吗？"青就像关店前的俄罗斯超市的店员，无情地拒绝了。

"一开始只想到麦克风比手持摄像机轻，是我失策了。"

"你不是很擅长做这种事吗？调查事件的时候总是冒冒失失的就闯进别人的内心世界。"

青的眼神有些冰冷。被那双和头发一样有些发蓝的眸子盯着，就算是玩笑也让人后背发凉。

"因为在事件解决之前，嫌疑人就和犯人差不多嘛，没必要客气。一切都是为了正义，对方会谅解的。"

"好强的使命感，就像是高举正义大旗的恐怖分子。不过我喜欢你这点。"

听到这话，桃依然鼓着脸颊，说："奉承我也没用，你就是想让我继续站在前面采访。不能因为你社恐就把我往前推呀。"

"这叫适材适所。我的长项是分析能力和记忆力。恐怕你连昨天便当里有些什么都忘了吧？"

桃抬头看了看毫不留情地暴晒着大地的太阳，嘟哝着："是这样没错啦，不过没想到会这么费神。我是不是也该买瓶防晒霜啊？"

"你是怎么扯到防晒霜上的啊？算了，接下来是……芭蕉的诞生地。"看着活动专用的地图，青下达了指示。

芭蕉翁出生的房子距离当前位置有一千五百米。

"啊——那么远，不如我们就留在这里，等着其他人过来吧？"桃噘着嘴说。

"偷懒的话社长会生气的，我感觉社长快爆发了。必须把每个景点都拍到，防止他爆发。"

第一天要去的景点还有旧崇广堂和山车会馆等六个地方，不过这些地点都落在半径一公里的圆内，所以半天时间还是挺宽裕的，大家自然而然地就会放慢脚步。

"很多人都应该已经来过蓑虫庵了，我们去下一个地方吧。至少要把所有参加者都采访一遍。而且啊，我的摄像机可比你的麦克风重多了。"

参加活动的人都是溜达一会儿，顺便去茶馆坐坐什么的，桃她们当然不会做这种麻烦事，所以都是骑车移动。她们先去车站附近的超市买了防晒霜和果汁，飒爽地穿过两侧古寺林立的寺庙街大道，朝着芭蕉的故居前进。

芭蕉在芭蕉翁故居住了将近三十年，屋内的陈设基本保持着当时的模样。芭蕉的父亲是下级武士，他的故居是江户时代典型的小巧而舒适的木质房屋，院子深处有个小庵堂，据传他曾在那里咏句。

二人正打算把自行车放到指定停车的地方，就看到故居的入口处，有个黄色忍者在那里探头探脑。

那是个看起来二十五六岁，身材矮小的女性。与五官深邃的爱希不同，此人是标准的日本人的长相，眼睛、鼻子、嘴都很小。下垂的右眼角有颗泪痣，给人的感觉是此人福薄。

"可以打搅一下吗？"桃小心翼翼地单手递出麦克风问道。

对方似乎被吓到了，说了一句："啊，好。"转过头来。一副心不在焉的样子。

"如果您有别的事要忙，我们不会勉强的。"青举着摄像机确认道。

"没关系。可爱的高中生这么努力地在采访，怎么能拒绝呢。"女人张开薄薄的嘴唇露出笑容，点了点头。

"人家说我可爱耶。"

"知道了，知道了，赶紧采访吧。"青眉毛都没动一下，单手催促道。

"请问，您是上林绘梨子小姐吗？"

黄色忍者也有两个人，同样是一男一女，所以很容易就能确定对方的身份。

"是的。"

"今天您是从哪儿来的呢？"

"海部市。"

"海部市？"因为没听过这个名字，桃歪着头问。

"名古屋西边的城市，有个叫海部逊的吉祥物，很出名。"

"哦哦，海部逊……就是那个穿着紧身衣，拿着大葱的。"举着摄像机的青插嘴道。

她总是知道一些奇奇怪怪的东西。

"这样啊。"桃试着想象那个样子，完全想不出来。大葱紧身衣？就在桃准备放弃想要问下一个问题的时候——

"可以先问你们一个问题吗？你们看到我哥哥了吗？"绘梨子用迫切的声音问二人。

"您哥哥？"

"啊，抱歉。这么问你们都不知道我说的是谁。我哥哥叫上林佑纪，身高一米七左右，穿着青色忍者装束。年龄二十八岁，身材不错，长得也帅，性格还非常好。待人和善，慷慨大方，之前还把被丢在雨中的小狗……"

"不、不好意思，我们还没有遇到青忍者。我们是下午三点才开始采访的。"

听到对方突然开始称赞自己的哥哥，桃急忙拦了下来。如果是恋人还能理解……虽然那样也很麻烦，但看来她是个重度兄控啊。

活动是从十二点开始的，但考虑到今天是第一天，桃和青从下午三点才开始采访。原本计划两点半开始的，结果青睡过了头，晚了三十分钟。

其实活动会一直持续到明天，但采访两天太麻烦了，也没有那么多经费和内存容量支持她们拍那么久。毕竟只是私立高中的无名广播社，预算少得可怜。更何况还是问题儿童的一次尝试，能用的资源可想而知。

"您说的……该不会是那位吧？"青举起空着的那只手指了指绘梨子的背后。

绘梨子回过头，瞥到了一个青忍者的背影，急忙大喊："哥哥！"

当看到对方扭过来的脸，又马上道歉："抱歉，认错人了。因为背影很像。"

"没关系，没关系。"青忍者眉开眼笑地说。

此人年龄在三十岁左右，肤色偏黑，嘴角像鸡嘴一样朝下撇着，小眼睛向外凸出。

"嗯——"桃决定先采访面带笑容走过来的青忍者，在名单上找到对方的名字，"是广小路阳太先生吧？"

青忍者也只有两个。既然不是佑纪，那肯定就是另外一个，简单的排除法。

"是的。你们就是酒店工作人员提过的会来采访的高中生？"

背后的绘梨子突然发出惊叹："咦？"

三人的视线集中到了绘梨子身上。

"莫非您是广小路爱希女士的家人？"

"我们是从堂姐弟。既然知道爱希的名字，你是她的朋友吗？"

"不……只是知道名字而已。"

似乎是从对方含糊的态度中看出了什么，阳太笑了。"难道你是上林佑纪的妹妹？"

"……是，可你是怎么知道我哥哥的名字的？"

"爱希跟我提过。而且我们原本也认识。"

绘梨子面色发青。"原来这才是他真正的目的。非常抱歉，我一定会阻止他的。"说着，像小鸟喝水一样不停低头。

"嗯，还是让他收敛一点比较好。要是引发什么问题，双方都会遭受损失。"阳太露出参差不齐的牙，笑着说。

那笑容实在算不上赏心悦目，他本人却做出帅哥的标志性动作，挥了挥右手，离开了。

"什么啊？"桃感觉后背一阵发凉，抖了抖身体。

"不用追上去采访吗？"

"要去你去吧。绘梨子小姐，您刚刚是想阻止什么呢？"桃圆溜溜的大眼睛闪闪发光。在发现事件这方面，她的嗅觉一直很敏锐。

"那是……"绘梨子扭扭捏捏地不肯说。

"桃，打探他人的隐私是不对的。"青出声斥责。

绘梨子则趁机说了句"我先告辞了"，便急忙跑开了。

"唉，跑掉了。这段视频怎么办？社长会喜欢这种意外发展吗？"

"他那个人死板得很，大概不喜欢狗血剧情。"青关掉摄像机，微微耸了耸肩。

桃和青在下一个地点，曾经的藩校①旧崇广堂前捏住自行车的车闸。二人正准备穿过被称为赤门的气派正门时——

"那个黄衣服的人，好像在哪里见过……"

认出了站在崇广堂门口的男人，桃停下脚步。男人三十五六岁，身材瘦长，戴着度数很高的白框眼镜。脸型像老鼠，是倒三角形，脸上还有一些雀斑。他猫着腰四处张望的样子就像一个阿宅。

"那个戴眼镜的人吗？"青则一脸茫然地歪着头。

"对，感觉在哪里见过。不过既然你不认识，应该是我记错了吧。"桃皱着眉，晃了晃脑袋，下一个瞬间她突然大叫："想起来了！"

一般来说，想起来就不会烦恼了，可桃的表情变得比刚刚更加烦躁。

"就是他。之前不是跟你提过吗，就是那个用'NEO芭蕉'这个名字在网上谎称自己是芭蕉后代的人。"

"是吗？不记得了。"青意兴阑珊地嘟哝道。

记忆力那么强的青居然不记得，证明她是真的没兴趣。青的这种态度可谓火上浇油。

桃愤怒地说："受不了你们这些东京人。对伊贺人来说，芭蕉是精神领袖。俳句之心就是伊贺之心，一咏句连城堡的泉水都会喷涌。冒充芭蕉的后代，对我们来说就会很困扰！"

桃一直小声在青的耳边喋喋不休。青嫌吵，推开桃的脸，说："说起来，芭蕉没有后代吗？"

"他有个叫寿贞的情人，她是带着孩子跟芭蕉在一起的。但

---

①江户时代，各藩为教育藩士（侍奉藩的武士）而创立的设施。

普遍认为芭蕉没有子嗣。"

"那他很明显是冒充的呀。不理他不就行了吗?"

"那是因为……"桃压低了声音,"寿贞除了最初带来的孩子,她还有两个孩子,虽然人们认定那也是别人的孩子。"

"也就是说,虽然可能性很低,但芭蕉其实是有孩子的。"

听到青冷静的归纳,桃不情不愿地说:"虽然是无限接近黑的灰,但无法断言就是黑的。毕竟是那么久以前的事了。可是那个人在主页上都没有上传证据,就硬说自己是芭蕉的后代,恐怕连寿贞的后代都不是吧。"

"既然如此,就更不用理他啦。他只是在自己的主页上自嗨罢了。"

"那也不行。网上有一部分人在那里热议芭蕉子孙的搞笑俳句什么的。看上去像那么回事,但实际上不知所云,根本称不上俳句。'暗夜欧芹,无限轮回的继承者',你能理解说的是什么吗?据说是NEO芭蕉的得意之作。什么'暗夜欧芹'啊,我看是中毒变成紫色了吧。"

相对于情绪激动的桃,青语气越发冷淡,她说:"我无法理解,但现在已经是二十一世纪了,就算有这样的句子也不奇怪吧。季语[①]是欧芹吗?一跟俳句扯上关系,你就会摇身一变,变成一个激进的原理主义者。平时可没见你这么认真过。"

"我才不是什么原理主义者呢。我只是不能容忍有人嘲弄俳句!"

看到桃一副要跟对方动手的架势,青重重叹了口气:"好吧……这个人我去采访。"

[①]俳句中的必要组成部分,代表季节的词汇。

说着她从桃手上把麦克风抢过来，把摄像机推了过去。然后快步朝着黄忍者的方向走去。青冷冷地将麦克风递出去。

"是猪田道夫先生吧。您今天来这里的目的是什么？"

"啊？"听到突如其来的疑问，猪田被问糊涂了，但很快便反应过来。

"哦，是采访的JK（女高中生）吗？我其实是芭蕉的后代，平时用NEO芭蕉这个俳号进行创作。所以我认为有必要来参加一次这个活动。"说着，把印有金色的"NEO芭蕉"字样的名片递给青。

青瞥了一眼名片，随手放进了裙子的口袋里，继续追问："是这样啊。您说自己是芭蕉的后代，是真的吗？"

"是真的。我十二岁那年，有一天正在公园里散步，芭蕉突然从天而降，对我说：'你是我的后代。今后你就以NEO芭蕉这个名字向全世界传播俳句吧。'"

"那应该是真的。"

"是吧。不过你身后的那位JK看起来好可怕啊。"看着咬牙切齿的桃，猪田控诉道。

"请别在意。她只是抑制不住自己对俳句的热爱而已。"

"哦，是同志啊。"猪田似乎很开心。"不愧是芭蕉圣地，连JK都如此热爱俳句。可为什么会抑制不住呢？莫非这位JK也是芭蕉的后代？"

看着对方沾沾自喜的样子，桃都快把白齿磨碎了。

"可是，这个活动已经开办好几年了，为什么你现在才来参加呢？"

"因为没人告诉我。要是早知道有这么个活动，我早就来参加了。"猪田环抱着双臂愤慨道。

"既然你口口声声说自己是芭蕉的后代，那你不会自己查吗！"一直强忍着的桃，终于被对方的态度彻底激怒，脱口而出。

"我工作很忙的。"似乎终于意识到了他人的反感，猪田的语气也尖锐起来。

"忙？我看你主页更新得挺勤快的，看起来很闲嘛。"

听到这儿，猪田突然笑容满面。"原来是我的狂热粉丝啊。你该不会是在傲娇吧？"

"才不是！"

赤门外来来往往的人很多，路过的人时不时地看向二人。女高中生和忍者吵架，这样的组合尤其引人注目。青想，要是传出什么风言风语，自己也会被牵扯进去。

得出以上结论的青冷静地插入话题："您从事的是什么职业？"

"我在浜松开办了俳句教室。"

"真的假的？！俳句教室？你的学生可太倒霉了。"

听到桃的批判，猪田反而挑衅似的说："让你失望了，来我的教室上课的学生非常多，我甚至还在考虑要不要换一个更大的地方。芭蕉后代的实力可不容小觑。我倒想问问你，有什么获奖作品吗？"

桃当然没有能拿得出手的成绩。她像下巴脱臼了似的，张大了嘴呆立在原地，但很快便恢复了理智。

"走吧。"和这种人说话简直自掉身价，桃拽着青的手走了出去。

"JK泪洒崇广堂，虚无的蝉。"背后传来了NEO芭蕉的一句吟咏。

二人从旧崇广堂出发往西,下了坡往键屋之辻走去。过去复仇的地方如今变成了小公园,两个男人正站在中间的水池前交谈。是青忍者和芭蕉。两个人都很瘦,身高也差不多。根据名单上的记录,芭蕉只有两个人,之前已经在蓑虫庵遇到了正树,那这个人就是西大手晴清。青忍者也只有两个人,那么这个青忍者就是绘梨子在寻找的哥哥佑纪。佑纪的确要英俊一些,不过也只有她妹妹形容的三分之一。他与其说是和善,更像是软弱。晴清长得也还可以,粗重的眉毛给人意志坚定的印象,他的目光很锐利。相较于帅哥,用运动社团的阳光男孩来形容他更合适。

"前辈……请不要放弃……被骗……爱希……绘梨子小姐也……"

芭蕉边说边比画,拼命诉说着什么。低沉的声音夹杂在风中断断续续传了过来。从二人的表情也可以看出,他们聊的话题很严肃。

"这该怎么办?"

桃退到了入口旁边的树荫下。她在移动过程中也稍微冷静了一些,眼前紧张的气氛更是把她刚刚对于 NEO 芭蕉的怒气完全冲散了。连经常被身边的朋友说不会察言观色的桃都感觉到了不对劲。

"他们好像在忙,咱们还是悄悄离开吧。"

拿着摄像机的青也表示同意,就在二人想要往回走时,背后传来熟悉的声音。

"哥哥。"

黄色忍者从二人身边越过。

"你还在纠缠那个人吗?来这里也是这个目的吧?"

"绘梨子。"

"绘梨子。"

两个男人都回过头来。

"哥哥你被骗了,为什么就是不明白呢!"一改之前温顺的形象,绘梨子歇斯底里地叫喊着。

声音清晰地传到了桃和青的耳中。但她们也就听到了这两句。聚到一起的青、黄忍者和芭蕉边比画边说,嘀嘀咕咕地吵了起来。

"那个人好像真的很爱她哥哥。"被刚刚一幕震惊的青嘟囔了一句,为了尽快远离是非之地,她朝着停放自行车的地方走去。

"等等我,别自己一个人走啊。搞得好像就我自己在偷窥似的。"桃也追了上去,急忙返回放自行车的地方。

"都齐了吧?"

把所有景点转一遍,二人回到酒店的时候已经是傍晚了。中间意外频发,再加上七月阳光一路上穷追猛打,桃已经精疲力尽了。

"还差一个叫茅町一郎的黑忍者。"青确认着名单小声回答道。

"还有啊?就差一个人而已,要不算了吧?"

"也行,少一个人社长应该不会发现。"

青居然同意了,看来她也相当疲惫。她平时就发白的脸色,现在又少了一分生气。

为了归还袖章,桃和青来到墙壁为原木风格的酒店大堂,看到爱希依然穿着黑色忍者装,坐在乳白色布艺沙发上玩着手机。这次她没戴墨镜,而是把墨镜放在了一旁。

"咦,您一个人吗?"

"哎呀,是你们啊。工作结束了吗?"爱希吐出一口烟,反问二人。

她面前的玻璃烟灰缸里已经有三根烟蒂了。都是细支薄荷烟，滤嘴的位置留有红色的口红印。

"是的。明天也要采访。"桃点了点头。

"明天也有啊。"爱希有些不耐烦地打了个大大的哈欠。"我也不在这里磨蹭了，赶紧去冲个澡吧。"

"您的同伴呢，就是您的叔叔？"

"又去蓑虫庵了，说是想作一句。他真的很喜欢俳句，就是水平太差，没人理他。"

说完，爱希又用力吸了一口烟，边捻灭烟蒂边站起身。"这衣服不太透气。芭蕉的衣服还有好几层，看着就热。就没有适合夏天穿的衣服吗？"

"呃……"桃没穿过，不知怎么回答。

"算了，跟你们抱怨也没用。"爱希带着无奈的表情，朝着大堂深处的电梯间走去。

她们呆呆地看着门关上，电梯上升，这时前台传来了一声清脆的"茅町先生"的叫声，是前台女性的声音。回过头，另外一个黑忍者正把一张纸交到前台。今天猜谜比赛的成绩会决定明天上野公园内的路线。他交给前台的纸就是答题卡。

黑忍者和爱希一样，戴着墨镜，两个人连背影都很像，像到甚至让人怀疑爱希是不是从电梯里瞬移过来了。不过仔细看，这个人脸上还戴着忍者的面罩，忍者的面罩可以挡住嘴，但天气这么热，其他忍者都没戴。

"请问，是茅町先生吧，可以耽误您一会儿吗？"

桃小心翼翼地询问对方，结果黑忍者无视桃，转过身径直朝着电梯走去。

"这人怎么这样？"桃表现出了与面对猪田时完全不同的愤怒。"他以为我是因为喜欢才干这件事的吗？"

"这话可不能轻易说出口。"青冷静地劝慰道，"反正拍到茅町先生了，社长也不会说什么吧。毕竟是否接受采访是人家的自由。回去吧，我也想赶紧洗个澡。"

大堂的时钟显示刚过五点。

"嗯，毕竟明天还得继续呢。青，明天一定要早点儿起哦。"桃把麦克风递到青面前，再三叮嘱道。

"宝贵的周末就这么浪费了，真惨。"桃一边骑着自行车快速穿过商铺林立的银座大道，一边抱怨着。马尾辫也配合着速度随风飘动。

"我也很郁闷，压缩了我的看书时间。不过听你的语气，之前是有什么安排吗？"并排骑行的青问道。

"哪有啊。如果你想去大阪，我倒是可以陪你。"

"如果你愿意陪我去逛梅田的二手书店的话。"

"啊，不是去 USJ（环球影城）或者海游馆吗？"

"你不是喜欢推理吗，都不看书的吗？"

桃朝着正前方大喊道："我是电视剧派！"

走在前面的妇人大概以为是在叫她，停下来回过头，桃和青从她身边呼啸而过。

"那你还想进推理研究会啊。如果伊高真的有推理研究会，你这样的肯定会被前辈看不起，会规定你每天看一本之类的。"

"不会的，我在广播社不是也什么都不做吗。原因是广播社的社员太少。就算有推理研究会人肯定也很少，所以处境应该不会太糟糕。少子化万岁！"

"桃，你活得真是天真啊。"

在夕阳的照射下，二人的自行车越来越小。

*

伊贺城堡的顶层有个瞭望餐厅，可以将灯火通明的伊贺上野城一览无余。昭和初期新建的仿天守阁和原本留下的地基尺寸不合，但也经历了八十余年岁月的沉淀，正如它的名字——白凤城一样，姿态优美地矗立在那里。

参加活动的人七点会在这个餐厅共进晚餐。当然，所有人都换回了自己的衣服。

枝形吊灯像钟乳石一样从拱形的天花板上垂下来，橙色的光芒照亮了餐桌。桌上已经摆好了前菜、汤和意面，紧接着烤伊贺牛牛肉也端上来了。肉上浇的是红酒酱汁，散发出酸甜的味道。

看起来好好吃哦。

忍着不让口水流出来的桃举着摄像机。青坐在桌子旁边，喝着凉爽的冰红茶。

刚到家，社长就打来了电话，命令她们把晚餐的情形也拍下来。

桃马上提出抗议："之前没说啊。"

结果她反被社长怒斥："你没听到吗？"接着又被数落："以防万一，我特意打电话确认，果真被我猜中了。"

听完社长的牢骚，桃给青打电话说了这件事，青的回复是"听到了，但我无视了"。

比根本没听到这件事的自己更恶劣，但不愧是青。

无奈之下，二人只得返回酒店。桃此时单手举着摄像机，看着一道道豪华料理被端上桌。因为不能打搅别人吃饭，所以只能远远地拍摄。因为摄像机只有一部，所以桃和青两个人轮换着拍。现在是青休息的时间。

"伊贺牛在知名度上远不如其他几种牛，味道却能和松阪牛比肩。"

正在啧啧称奇的是正树，他和爱希、阳太坐一桌。爱希一改黑色忍者的装束，换上了华美的粉色晚礼服。

旁边桌上的一名男子目不转睛地盯着爱希。大概是感觉到了对方的视线，她瞥了一眼后，瞪着坐在对面的阳太。

"他又在看这边了。阳太，是你告诉他的吗？"

"怎么可能？"阳太嘿嘿傻笑着强烈否定。

"不是你是谁啊？难得美食在前，一点儿心情都没了。"

爱希皱着眉抗议着。阳太则完全不当回事。

爱希将酒杯咚的一声放在桌上。"那我直接去问他。"

说着，她已经来到了佑纪等人的餐桌旁。

"你为什么会在这里？"

"为什么？因为我对忍者感兴趣，就参加了。只、只是偶然。"似乎是被对方的气势吓到，佑纪作答之前移开了视线。

"你是听谁说的，是阳太吧？"

"爱希小姐！"

坐在对面的绘梨子霍地站起来，鲜艳的柠檬色连衣裙的裙摆随之摆动。她怒视着爱希，尽量抑制自己的情绪，说："大家都在看呢，还要继续吗？"

爱希冷哼了一声，施压般环顾四周，转而对绘梨子说："如果你真的爱你的哥哥，就把他脖子上的绳子拴牢一点。"放下这句狠话后，她大步回到了自己的餐桌。

绘梨子坐下，噘着嘴。"哥哥，你为什么就不能干脆点呢？我都跟着你丢人。"

"好了，好了，绘梨子，你也别为这点小事生气了，喝杯红酒吧，很好喝哦。"西大手边安慰绘梨子，边往斜对面的玻璃杯里倒红酒。

"为了装巧遇，我们都被哥哥利用了。你明不明白啊，晴清哥？"

"明白，所以我才在键屋之辻那里劝他啊。但在这里把事情闹大可不是什么明智之举哦。"西大手和颜悦色地劝慰着。

"晴清哥也太迁就哥哥了。"

"你还不是一样？"

晴清大概是发现了桃的镜头，面带微笑，用双手食指对着桃发出信号。桃急忙移开了镜头。移开之后，镜头捕捉到的是"NEO芭蕉"猪田，下一秒就变成了枝形吊灯闪闪发光的天花板。

吃完甜品，大家开始畅聊。

"可以坐你旁边吗？"

长着老鼠脸的猪田单手举着红酒杯，主动搭讪绘梨子。他一身休闲打扮，穿着半袖T恤加做旧牛仔裤。

"我一个人坐一桌太孤单了。既然我们都是黄忍者，应该能聊得来吧。其实呢，我叫NEO芭蕉，是松尾芭蕉的后代……"

没等绘梨子回答，他就自顾自地坐在了旁边的椅子上。他的脸色通红，应该是喝多了。

猪田的座位对面放着茅町的桌卡，但侍者并未给那个位置上过菜。

"喂！"对面的西大手慌忙站起身打断了二人，"你是谁啊？

怎么自己就坐下了,这样很没有礼貌啊。"

猪田愣住了,看了看绘梨子和西大手。"我是NEO芭蕉。你们俩是男女朋友吗?"

"还不是。"

"不是。"

绘梨子沉下了脸。

猪田敏锐地察觉到这一点,说:"我想也是。红酒易醒,右手边的夏古城。"举起酒杯对着窗外的伊贺上野城,吟了一句。

"那是什么?"绘梨子诧异地询问。

"没什么,只是觉得你长得这么漂亮,真是可惜了。"

"我不是指这个,你刚刚是在吟俳句吗?"绘梨子眯着眼睛,不悦地瞪着猪田。

桃也在心中狠狠吐槽,没错,好好教训他一顿……猪田吟出那句奇怪的俳句时,桃差点儿被嘴里的红茶呛到。现在是青摄像的时间,她正无精打采地举着摄像机。

"对。我被誉为二十一世纪的俳谐师。中午刚刚击败一名新手JK。伊贺对我来说,是心灵的故乡,身体的故乡是浜松。"

"你是不是以为自己在参加大喜利①?"

绘梨子起身离席,另一个人马上坐了过来。

"你真的是芭蕉的后代吗?芭蕉应该没有孩子啊。"是以芭蕉爱好者自居的正树。不知道是不是也喝醉了,脸很红。

"实际上是有的。我是从他本人口中得知的,所以肯定没错。因为芭蕉是圣人,所以他的弟子就把他在俗世的一切都掩盖起来。他有情人这件事也是明治之后才被人们所知。芭蕉说,寿贞

---

①出题人给出固定题目,答题人发挥自己的想象给出搞笑答案的节目。

的孩子就是他的孩子。"

"真的吗？我也收藏了很多芭蕉的作品，从来没在哪篇文章中看到过这样的言论……"

"我就觉得你眼熟，你是 WIDE ROAD 的社长吧？"似乎是突然意识到什么，猪田的声调都变了。

"是我，有什么问题吗？"看到对方反应这么大，正树的声音中充满了警惕。他的音调有些奇怪，胡子下面的笑容也瞬间消失了。

"我听说了，你买断了芭蕉的作品，不给别人看，还想在名古屋搞芭蕉乐园。自己的祖先被别人拿去做展览，我也觉得不舒服。而且地点居然不是伊贺，是名古屋。"

"我的确计划在金城码头……先不提这些，你肯定是冒充的，一个冒牌货有什么资格说这种话。"

"居然说我是冒牌货！"似乎触及了自己的禁忌，猪田满是酒气的脸贴近他，突然激动地说，"你这个倒卖土地的暴发户别在这里胡言乱语。满腔欲望的冥府魔道，芭蕉哀叹。"

"你说谁是暴发户！发迹的是我父母，我生下来就是有钱人！而且你那个句子里连季语都没有！"就像是在呼应对方，正树的情绪也很激动。

"正树叔叔，冷静点。"看不下去的阳太插嘴道。

爱希则坐在那里，一副事不关己的态度，吸着烟。她投射出冰冷的眼神，就像是在说"怎么不去死"。

"在这里做口舌之争也没意义啊。"

"别拦我，阳太。"

猪田一下闪到阳太身边。"你就是下任社长吗？你去劝劝他，别搞什么芭蕉乐园了。本以为是个明白事理的人，没想到这个社长是个守财奴。"

"这话可不能乱说,我……不是下任社长,而且芭蕉乐园……"阳太的话只说了一半。

正树敏锐地察觉到,阳太似乎话里有话。"什么意思?上次董事会上的确有很多人反对……莫非董事们是受到你的调唆……"

"叔叔,冤枉啊,您误会了。而且我什么权限都没有啊。"

"你想恩将仇报吗?"

局面已经不是一触即发,而是已然爆发,甚至变得一发不可收拾。服务生不知所措,不敢上前劝阻。就在这时——

"啊,啊。"

扬声器里传出声音,台上出现了一名体态优雅的中年男子。

"感谢各位远道而来,参加在伊贺城堡举办的这次伊贺之乡推理之旅。我是酒店的经理,敝姓藤堂。"

突如其来的声音让台下的骚动戛然而止。

大概是很满意众人的反应,经理在殷勤地打过招呼,讲述了伊贺的魅力后,继续说:"明天依然是我们的推理之旅,活动地点在上野城公园,题目也会比今天更难一些。具体时间和游戏规则,以及各位的排名,已经张贴在酒店大堂里了,晚饭过后请自行前往查看。如果有什么不清楚的地方……"

"今天白天的事也一样,他们不知道什么叫个人隐私吗?所以我才讨厌乡下。"爱希口吐烟雾,发着牢骚。

纠纷发生的整个过程中,桃一直坐在席间,默默注视着事态发展,最后心中只留下了"芭蕉乐园是什么"这个疑问。

2

"你要睡到什么时候啊？"

桃给青打手机就会转到语音留言；发了一大堆信息都石沉大海，杳无音信；给家里打电话也没人接。青的父亲肯定早早就去医院上班了吧。

"果然在睡懒觉，都千叮咛万嘱咐的了。"

现在是早晨不到九点，和昨天一样，夏日的阳光照射着上野城公园。在公园的东门，单手拿着麦克风的桃气得直跺脚。

"其他事都那么靠谱，唯独早晨起不来。没有摄像机让我怎么采访啊。"

手持摄像机在青手上。没有视频的话，就算采访了，社长也不会承认吧。

靠近市政府的东门，有个小栅栏挡着不让汽车通行，正树、爱希和阳太组成的广小路三人组已经在那前面等待了。其他人并不是在睡懒觉，而是因为西侧还有一个入口。当然，其中或许也有像青一样在睡懒觉的人。

是一个人先进去，还是继续等？或者直接冲到青家里，把她拉起来？可是往返需要三十多分钟呢。

就在桃犹豫不决的时候，背后传来了一个声音。

"今天早晨就你一个人吗？"

回过头一看，是戴着墨镜的黑忍者爱希。她的语气虽然冷漠，但不像昨天那么富有攻击性。身旁是满脸胡子的正树，他手里拿着拐杖，作芭蕉打扮。二人身后是青忍者阳太。

"说起来就气人，我的搭档睡过头了。其实昨天她也睡过头了，我叮嘱她好多次今天一定要早起，结果都这个时间了，还没出现。"

"那不是跟我叔叔一样?"爱希边点烟边笑道。

"你在说什么啊。我今天早晨起得最早吧。"

"也只有今天。希望不要下雨吧。"

就在这时,九点的钟声轻轻敲响。一个有些富态、穿着制服的阿姨走了出来,不知道是不是公园的工作人员。

"各位,早上好。接下来请努力解开谜题吧。"说着,那张浓妆艳抹的脸对着桃等人露出笑容,她把栅栏挪到一旁。

"正树叔叔,我先走一步了。"

说时迟那时快,阳太快步超过二人,跨过护城河,迫不及待地走上了铺着碎石子的斜坡。

上野城四周被深深的护城河包围,利用小山丘建造起来的平山城,越靠近中央城郭地势越高。原本中心最高的地方应该是本丸,天守也应该建在那里,但由于历史原因,本丸在地势最低的西侧,天守也建在那里。中心地区是城代①公馆,最高点如今只剩下上野城的前身——筒井天守遗迹石碑。

这次涉及的景点,以筒井古城二之丸为中心,分别是西边的上野城天守,西北方向的梅林,北边的俳圣殿,东北方向的忍者小屋,东边的芭蕉翁纪念馆,南边的城堡会馆,西南方向的古井户,共计八个地点。

"喂,等一下,阳太。"正树正打算追上去。

"阳太赢了,叔叔你不也同样能得到展览俳句的权利吗?慌什么。"爱希用冰冷的声音阻止了他。

"这是什么话。一码归一码,比赛就是比赛。"

---

①江户幕府的职称。

"是，是。不过没必要这么激动吧。"

这话就像是在说对方是个小孩子，爱希耸了耸肩，悠闲地走在正树旁边。刚刚那位阿姨好像在园内还有其他工作，走在几人前面，迈着小碎步上了石子路。

"我也去。"

一个人孤零零在这里等也无济于事，等青醒了应该会打电话联系自己。正所谓出门靠旅伴，桃急忙跟上了爱希等人的脚步。

"首先是筒井古城。"爱希看着解说地图嘟哝道。

"咦，爱希小姐最先要去的不是这里吧？"

早晨去酒店领袖章的时候，张贴在大堂的名单上写着正树去筒井古城，爱希去芭蕉翁纪念馆。芭蕉翁纪念馆在公园东侧，里面展示的都是与芭蕉有关的资料。

"我对猜谜比赛没兴趣，只是来给叔叔帮忙而已。"

"真的吗？那可真是太好了。这下我或许真的能赢阳太。"

正树满面笑容，很开心。要是那个叫阳太的人也这么做，应该更能取悦正树吧？桃心情复杂地看着这二人。

一行人九点五分抵达筒井古城，正树要在这里解开第一个谜题，只是难度比昨天大。这次设置的题目需要花费十到十五分钟才能解开。谜题的答案加上关键词会指明下一个地点。

大家的出发点虽然不同，但要去的地方都是一样的。如果将八个地方按顺序标记为 ABCDEFGH，那么从 B 点出发的人，去往各个景点的顺序就是 BCDEFGHA。因为题目是一样的，指示的下一个地方自然也一样。这件事当然只有桃和青知道，这是为了方便她们采访，酒店方提前告知的，其他参赛者并不知情。

"看来您真的很喜欢芭蕉。"

虽然是集两个人的智慧，但也不代表所用的时间就会减半。

能花八分钟就解开,还是多亏了正树对芭蕉的了解。解谜时不需要完全答对,假设一共有五个关键词,只要想到其中四个,另外一个就会自然而然地浮现出来,从而找出正确答案。

"是啊。我想早点儿退休,像芭蕉一样云游全国。"

"不要太过分了哦。你现在也是把所有事情都甩给我,把自己关在家里,别说来公司了,连家门都不出。"

"我已经厌倦看着院子作俳句了。我现在意识到,要想作俳句还是得亲近大自然。"

"我看是厌倦把女人叫到家里,想试试自由自在的候鸟似的生活了吧。"

"别这么说嘛。爱希,你要不要跟我一起?"

"我?叔叔你要是退休了,谁来管理公司?难道真要让给阳太吗?"

"我不会让给他的。权力是你的。"

"权力……你就是要用这种东西把我绑住,和迄今为止一样。"爱希垂下眼帘,叹了口气。

因为没有手持摄像机,桃只能用手机拍照。或许正因为如此,二人才能像平时一样若无其事地聊天。要是有摄像头在,他们肯定不会说这些吧。不过二人似乎意识到,在一个高中生面前继续谈论这些有些不妥。

"总之,赶紧把谜题搞定吧。"

离开筒井古城五分钟后,一行人来到了下一个地点,芭蕉翁纪念馆。

"这不是大垣吗?大垣有个奥之细道结缘之地纪念馆。"正树想了一会儿,说道。

"好像是。"爱希迅速填上空白的格子。

从到纪念馆算起,这题也花了八分钟。

"您真的很了解。我只知道奥之细道最后一句说的是大垣,但不知道那里还有个博物馆。"

听到热爱芭蕉的桃这么说,正树很开心。

"是吧。犹如文蛤壳肉分离,别离之秋。跟那个冒牌后代完全不同。"他说着还对桃抛了个媚眼。

"而且他还嘲笑我的毕生夙愿芭蕉乐园!"

"芭蕉乐园是什么?"

桃从昨晚开始就想知道那是什么意思,因为太想知道,才睡了八个小时。

"还是个秘密。不过很快就会隆重宣布的,敬请期待。"

正树误以为桃很期待,卖起了关子。感觉不好再追问,桃无奈地放弃了。

"好了,下一个地点是俳圣殿。"

俳圣殿是位于筒井古城北边的一栋二层木质结构建筑,是为纪念芭蕉翁诞辰三百周年,在战争时期建造的八角形礼堂。正中间供奉着芭蕉坐像,作芭蕉旅行时的打扮。

在十月举办的芭蕉祭上,殿内会展示从全国募集而来的优秀俳句,与这次的规则一样,活动排名靠前的人的俳句最后会放在这里展示。

俳圣殿东边就是有名的伊贺忍者小屋,只是古城、俳圣殿、忍者小屋都在不同的城郭里,所以必须绕道,他们花了五分钟才抵达。

"好疼!"爱希突然叫了一声,蹲在半路的石阶上。

"您没事吧?"

"怎么了?"

桃和正树都关心地问道。

"抱歉,我好像扭到脚了。"

爱希的声音与平时不同,很是柔弱。大概是踩空了,她捂着右脚的脚踝处。

"爱希,还站得起来吗?"

"应该可以。"爱希想自己走,但看起来就很疼。

"叫救护车吧。"

听到桃的提议,爱希笑着说:"没那么严重。稍微休息一会儿,冷敷一下应该就好了。"

"嗯,稍微休息一会儿吧。"

正树环顾周围,前方一百米的广场上有个休息处,位于芭蕉翁纪念馆和忍者小屋中间,筒井古城的东北方向。

"先到那个休息处去吧。"

正树架着爱希,桃带路。

因为这次活动,休息处虽然没有营业,但里面有工作人员。之前入口处的阿姨面带担忧之色走了出来。

了解情况之后,浓妆艳抹的阿姨说:"稍微休息一会儿,观察一下,可以放心在这里休息。用毛巾冷敷一下吧。需要喝点什么吗?不过这里没有免费的饮料。"

"麻烦给我来一杯冰咖啡,再拿个烟灰缸来。"爱希刚坐下就想抽烟,仿佛烟是能消除疼痛的特效药。

爱希喘了口气,对不知所措低头看着自己的正树说:"谢谢。我没事了。我在这里稍微休息一会儿,叔叔你先走吧。"

"留下你吗?"

"你不是想得奖吗?而且这里有店员和这个女孩陪我,不用担心。"

"咦，我也要留下吗？"桃对于这个安排感到意外。

"在这里傻等太无聊了，你留下来陪我聊天吧。而且你应该已经发现了吧，我那个叔叔很好色，出手也很快，和他独处很危险。身为他的侄女，我不能眼睁睁看着可怜的少女落入魔爪啊。"

"这是怎么说话呢。"

正树表情严肃地训斥爱希，却没有否认。桃也开始害怕起来。

"我或许很好色，但又不是萝莉控。"

"逞什么威风呀。还不是因为你没有干脆地否定，这个女孩才害怕的。要怪就怪叔叔你自己，快去吧。"

"好吧，好吧。要是有什么事记得联系我。"

正树重新把宗匠头巾系好，拿起芭蕉的拐杖，依依不舍地打开休息处的大门时，天色忽然变暗，雨点紧跟着落下。不到半分钟，就变成了倾盆大雨。

正树当然只能呆立在门前，大胡子的脸上满是茫然。

"一大早就天降暴雨。天气预报说是晴天，我没带伞啊。"他一边说着一边回过头可怜兮兮地看着爱希。

"芭蕉不是有过旷野纪行的经历吗？在雨中旅行。叔叔也去淋一淋雨吧。"

"连蓑衣都没有。别开玩笑了。"

"要得到前几名的野心，就这么输给了雨？"爱希抽着烟，叹了口气。

"活动会中止吗？"桃看着雨云嘟哝着。

听到这儿，正树带着哭腔说："不会吧，那我的俳句怎么办？"

"这下麻烦了。"爱希自言自语。大概是发现桃的视线，她单手举起咖啡杯，补充道："我可不想再来一次。"

"伊贺是个好地方。"
"我不是指这个。"

幸好雨只下了十分钟左右。和刚开始下雨的时候完全相反，天空眨眼间变得清澈透蓝，初夏的阳光晃得人睁不开眼。树叶上的水滴和地上的水坑胡乱反射着阳光，比下雨前更热闹了。

"那我去了。"
"我会看情况追上去的。你搞清楚俳圣殿的下一个地点之后，记得告诉我。"
"嗯。"这次正树真的离开了。只是那芭蕉的背影依然透着些恋恋不舍。

爱希看着正树越走越远的背影，说："俳句到底哪里好啊。"
"俳句哪里都好。"桃忍不住反驳。
"哎呀，我都忘了，这里还有个喜欢俳句的人。那你吟一句来听听。"
"呃，这个……"

桃支支吾吾地说不出话。她比别人更加热爱家乡、热爱俳句，但由于小学时留下了心理阴影，自那之后几乎没作过俳句。当然她也从来没在青面前吟过，因为感觉对方会嘲笑自己。

"既然你说俳句那么好，那就吟一句给我听听。这就是城市的礼节。如果你不肯，那我就拒绝采访。"

"好吧。"桃双手轻拍脸颊，正在准备认真作俳句的时候，手机响了。明智小五郎的主题曲，是青打来的。

"好大的雨啊。我醒了。"

电话那头传来青慵懒的声音。根本就还没有彻底清醒吧。

"你在说什么啊！你知道现在几点了吗？赶紧换衣服过来，

你迟到可把我害惨了!"

桃对着电话吵了一会儿,不自觉地用力挂断电话,垂下肩膀叹了口气。

"你的搭档终于醒了吗?"爱希两条长腿交叠在一起,笑嘻嘻的。"我们真惨啊,都有个不靠谱的搭档。"

"不是的,青比我靠谱多了。虽然不愿意承认,她真的很聪明,就是不能早起。"

听到桃的反驳,爱希眨了眨眼。"那是我说错话了,你真幸运。对了,俳句作好了吗?"

接着她饶有兴致地看着桃。"你慢慢作,我可以等。"说完,又优雅地点燃了一根烟。

桃做好了心理准备,说:"下雨就意味着地面会变硬吧。"
"这是什么?"

毫不意外地被嘲笑了。桃都能感觉到自己的脸正在迅速变红。

"都没有季语啊。"爱希笑到流泪,指正道。

她说得没错,忘记季语是桃最大的缺点。不管怎么注意,就是改不了。一直以来,桃都对俳句充满了热爱,可始终不敢作俳句。看NEO芭蕉不顺眼,也有可能是因为他的句子虽然乱七八糟,但的的确确有季语吧。这是决不能让他知道的弱点。

"加上季语,再作一句试试看?"

"不要了吧。"桃正想打退堂鼓的时候,爱希的手机响了。

"嗯?"爱希有些疑惑地接起电话。"啊,叔叔。什么事?"
不知电话那边的正树说了什么,爱希惊讶地大叫:"什么?"
"出什么事了吗?"桃询问挂断电话的爱希。
"俳圣殿里死人了。"爱希木然地回答道。

3

十五分钟后,俳圣殿里挤满了调查人员。四周拉起了黄色警戒线,伊贺署年轻力壮的警官们在各自位置看守,公园东西入口也部署了警力。

俳圣殿是以芭蕉旅行时的穿着打扮为原型设计的小型宝塔式风格建筑,一层是八角形,二层是圆形。二层装饰着名为"廻缘"的连接墙壁与天花板的木条,必须放下梯子才能上去,平时只有一层可以参观。一层正中间摆放着芭蕉的坐像,可以围绕着芭蕉像走一圈,而被害人就趴倒在俳圣殿入口不远处、芭蕉像的正前方。他趴在有些昏暗的石板回廊上,脸埋在蓑衣里。瘦长的尸体身上穿着黑色的忍者服,脸上还戴着面罩。黑色的绳子像蛇一样缠绕在那人的脖子上。

尸体旁边有一副墨镜,墨镜其中一块镜片碎了。好像是被害人自己踩坏的,因为草鞋的鞋底上还扎着玻璃碎片。此次活动的通票掉落在他的腰旁,与五角形的绘马大小差不多,正面印有芭蕉的剪影和"忍者之乡"的LOGO,背面写着参加者的名字。上面写的是"茅町一郎"。

盖在被害人脸上的蓑衣,据公园的工作人员所说,是挂在芭蕉坐像下方的那件。因此,警方认为,蓑衣是被害人在被人勒住脖子、痛苦挣扎的时候抓下来的。

尸体不远处的烟灰缸里有三个烟蒂,都是同一个牌子的细支薄荷烟,滤嘴上沾有红色的口红。昨晚闭园后,工作人员巡视的时候,既没有发现尸体,也没有看到烟蒂,所以烟蒂也是那之后扔的。

"哥哥。"抓住人流中断的机会,桃拽住一名年轻刑警的袖子。

那是伊贺空，桃的哥哥。空的长相很柔美，就像画里的好青年模样，一米八的他低头看着桃。"干什么？我忙着呢。"说着皱起眉头表现出生气的样子，但毫无威慑力。

"怎么能对目击者这么凶呢。三重的刑警真是粗暴。"

"你又不是第一目击者。"

"可报警的是我呀。"

"喂，伊贺，别在那里偷懒。"年长刑警的怒吼声从俳圣殿中传来。

"对不起，我这就来。"伊贺刑警声音洪亮地回答完后，转头对桃说："晚点儿再告诉你。"

"等一下，刚才看过现场，我想到了一些事。"桃抓着空的胳膊，强行把他拉了回来。"尸体是在雨停后被发现的，再加上尸体下面还发现了蓑衣，这是不是在比拟芭蕉的俳句'秋雨知寒，小猿猴也想穿蓑衣'？"

桃轻率的发言引来了在附近等待的活动参加者的视线。只有第一目击者正树依然低着头，浑身发抖。

"又是俳句吗？知道了，知道了。晚点儿再听你说。现在你要做的就是乖乖等待。"

哥哥熟练地像哄小孩一样对桃说完这句话，就逃进了俳圣殿。

"怎么才过来！你在搞什么鬼！"从关上的大门里传出刑警前辈的怒吼声。

"哼，亏我好心告诉他。"桃咂了咂嘴。

"桃，你真的觉得这是一起比拟杀人？"青冷静地询问道。她几乎和警察同时抵达公园，没有看到现场的情况。

"青，你觉得不是吗？"

"就目前的情况来看，支持这个说法的信息太少了。死者可能只是碰巧抓到了蓑衣。猴子这一点也说不通。"

"这倒是，不知道附近有没有跟猴子沾边的东西。猿壶①啦，猿丸大夫②啦，超级歌舞伎③一类的。"

桃本想回忆起发现尸体时的情况，但原本记忆力和观察力就不好，再加上堂内有些昏暗，所以什么都想不起来。

"我想没有。"青冷冷地说道，"如果有的话，空哥多少会考虑你的意见吧。我现在更想知道，广播社的工作就这么算了吗？"

"当然。出了这种事，活动也中止了。前一天录了那么多，应该够了吧？而且广播的基本工作是报道，部长看到这个肯定也会高兴的。"

"根本是你自己这么以为吧，不过这次我同意。我也觉得这样会更有趣。"冷漠的青露出了微笑。她也更喜欢当侦探。

因为她们是桃青组合啊。

*

"刚才抱歉了，桃。"

傍晚，空出现在了酒店的客房里。大概是出于内疚，他在打开门进来的瞬间就放低了姿态。桃和青都是案件相关人员，被勒令暂时不能离开酒店。这对于想展开侦探活动的桃她们来说，简直是求之不得，她们非常开心地被"软禁"了起来。

由于事发突然，她们依然穿着水手服，不过因为和新闻报道

---

① 林不忘的长篇小说《丹下左膳·百万两之壶》中的猿壶。
② 日本古代歌人，三十六歌仙之一。
③ 市川猿之助开创的歌舞伎表演形式。

机构的制服很像,所以桃很喜欢。她们的袖章也还别在胳膊上。

"什么嘛,之前装什么大人物呀。"

"别像小孩子一样闹别扭啦。我也有我的立场啊。"空小声对着坐在床上的二人解释着。

酒店分配给桃她们的是大床房,双人床旁边放着一张玻璃圆桌和两把藤条椅。桃和青把床当沙发,坐在上面,哥哥则默默坐在椅子上。

"哥哥的立场就像玻璃一样脆弱。要不是我们解决事件后把功劳让给你,你能像现在这么神气吗?"

"别这么说嘛。所以我这不是来了吗?"

"听你的语气,我们还应该感谢你咯?"

"你可不知道,我偷偷溜出来有多不容易。"

和他的语气相反,高挑的空始终放低姿态,抬头看着桃。椅子很矮,所以他的膝盖像是抬着,看起来很不舒服。即便是这样也没有站起来,证明他是真的很有诚意。

"差不多就行了吧。帮帮你哥哥吧,桃。"青适时为空解了围。

空笑弯了眼,说:"谢谢你,小青。小青真是个好姑娘。"

哥哥截然不同的态度让桃有些不爽,不过还是接受了青的提议。"好啦。不过,你要把情况原原本本、仔仔细细地说出来哦。"

见桃终于妥协了,空立即拿出笔记本,把现场的情况说了一遍。"被害人的死亡时间是今天早晨九点到十点之间。"

"我和爱希小姐赶到俳圣殿的时候刚过十点,游戏开始是九点,所以在这个时间段很正常。"桃嘟哝道。

"也不见得,凶手也可以在九点前把人杀了,然后把尸体运到俳圣殿。"青立刻指出。

"啊,这些也必须考虑吗?"

"既然是侦探就必须考虑。"

"关于这一点,"哥哥插嘴道,"经过确认,被害人的确是在现场遇害的。被害人挣扎时拽下来的那件蓑衣,不是之前就挂在那里的吗,挂蓑衣的钉子上留有被害人的血迹。被害人右手食指上有伤,手套相应位置也划破了。"

"现在可以断定案发现场就是俳圣殿。发现尸体的正树先生的第三个答题地点是俳圣殿,那么,俳圣殿就是遇害的茅町先生的第一个或第二个答题地点,除了他们俩,还有一个人去过俳圣殿。"青右手捂着嘴,展现出敏锐的分析能力。

捂嘴是青思考问题时经常会做的动作,是青特有的习惯。桃也尝试过模仿,但只觉得呼吸困难,什么都想不出来。

"也就是说,那个人就是凶手?"

"等一下,进度太快了。"空伸出右手拦住桃。

"游戏开始后,第一个去俳圣殿的人是广小路阳太。据他所述,他花了十分钟左右解开谜题,然后就朝着下一个答题地点天守去了,当时俳圣殿里还没有尸体。"

"真的?"桃发出质疑的声音。桃最喜欢怀疑别人了。

"按照正常顺序,下一个抵达俳圣殿的人应该是广小路爱希小姐,但她一直和叔叔广小路正树共同行动,没有去俳圣殿。桃也始终和他们在一起。"

"对,因为某人赖床,我只能无奈地跟着他们走了。"桃斜眼瞪了青一眼。

"不是已经道过歉了吗,别提了好吗?总之,如果相信阳太先生的证词,九点十分之后俳圣殿是没有人的。"

"那茅町先生为什么会去俳圣殿?"

"没错,小青。"空朝着青探出身子,"问题就在这里。茅町原本的目的地应该是忍者小屋,可他并没有去那里。"

"这么奇怪?被害人不知道出于什么原因,去了并非目的地的俳圣殿,然后在那里遇害。我记得还从他怀里发现了另外一条绳子吧?"桃抱着胳膊纳闷地说,"所以茅町先生到底是什么人?不只戴着墨镜,还一直戴着面罩,越想越觉得奇怪。"

"这个还没查到。被害人的随身物品只有怀里的绳子和汽车钥匙。酒店的房间里什么都没找到,连指纹都没有。让所有人都看了照片,没人认识他。据酒店方的人说,茅町是周五夜里很晚入住的,昨天一大早就出门了,直到傍晚才回来。在服务台办手续的时候也戴着墨镜和口罩,还有顶大帽子,而且明明是大夏天,却穿着长袖衬衫。签字用的是左手,字写得七扭八歪的。"

"这么说彻底隐瞒了自己的身份。那用来行凶的那根绳子和茅町先生身上的绳子种类相同吗?"青确认道。

"都是能在建材超市买到的普通商品,不过颜色和形状完全不同,应该是不同厂家的吧。"

"也就是说,两条绳子很可能毫无关系。茅町先生是通过与凶手不同的渠道买了一条绳子,并藏在了怀里吗?"

"是的。不过,如果凶手出于某种理由,在杀人之后往被害人怀里塞了根绳子,就另当别论了。"

"这么说的话,那很明显他不是受害人,而是加害人喽?"一直抱着胳膊的桃突然出声说道。

"有道理。"青小声附和,"那就是说,茅町先生是想杀人反而被杀了?"

"反而被杀了吗……也必须考虑这个可能性。"空上下摇晃着高挑的身体,重重地点头。

"哥哥，你不是吧？你身为刑警之前都没想到过这个可能性吗？"

"当然想到了，一开始就想到了。"空的眼神有些飘忽不定，嘴上依然逞强。

"真的吗？"

像是为了阻止桃继续追问一般，青开口道："假设茅町先生计划要杀死某人，而某个人也打算杀死茅町先生。杀手跟踪茅町先生进入了上野城公园。"

"关于这一点，上野城公园并没有其他人进入。"

听到空说出这句意想不到的话，桃睁大了原本就很大的眼睛。"没有别人进入！你怎么知道没有？负责开门的阿姨打开东西两边的栅栏后，就分别去了休息处和天守，大门应该无人看守，还是说一直有人监视？"

"你还记得半个多月前，公园的梅林曾经发生过火灾吗？"

听到空的提问，桃有些不明所以。"火灾？"

"我记得说是原因不明。班主任还曾经提醒我们要小心。"青很快给出了答案。

桃和青同班，如果班主任曾经叮嘱过，那她应该也听过，不过她自然是不记得了。

"那之后没再发生过火灾，所以可能只是因为有人乱扔烟蒂，但为了以防万一，还是在东西两边的入口处都安装了监控摄像头。"

"不是吧，我都没发现，那里有摄像头吗？"说罢，就像是房间里也安装了摄像头似的，桃四处查看。

"因为从市里的角度来看，必须采取一定措施才行啊。"

"都是火灾不好，我交的税金都被拿去做这种事了……"

"你还没交过税吧。"

"那也清楚拍到我进入园区时的样子了？"桃慌忙开始整理刘海。

"像素比较低，拍不了那么清楚。据说因为事出突然，装的是便宜货。而且摄像头对着公园里面，只能拍到人们进入时的背影。而且主要是为了拍下发生火灾后从公园离开的人。两部摄像头共拍到两名芭蕉，两名黑忍者，两名青忍者，两名黄忍者和两名工作人员，以及一名穿伊贺野高中水手服的人，共计十一个人的背影。在我们赶到并安排警员监视大门后，没有人离开公园。接下来是具体的时间，"空翻动着笔记本说，"首先从东边入口进入公园的是一名青忍者、一名黑忍者、一名芭蕉和穿着校服的桃。那三人分别是阳太、爱希和正树。之后，休息处的工作人员曾经过入口。大概两分钟后，黄忍者进入园区。根据证词，黄色忍者是猪田。然后是——"空翻到下一页。"西边入口，青忍者、黄忍者、芭蕉，也就是佑纪、绘梨子兄妹俩和西大手晴清，三个人是一起进入园区的。然后是负责在天守值班的工作人员，五分钟后，黑忍者也进入园区。这个人应该就是茅町了。"

"人太多了，根本记不住。"桃嘟哝了一句。

空啪的一声合上笔记本，无奈地说："稍后拜托小青整理一下吧。总而言之，凶手就在这些人之中。你也知道，上野城公园被护城河和高高的城墙包围，根本没有其他出入口。"

"什么嘛，哥哥既然是刑警，应该在白板上画好图解，贴上照片，这样才方便理解啊。"

"还好我赖床了。桃，恭喜你，你现在也是嫌疑人之一。"青表情冷漠地挖苦道。

"别开这种玩笑。"桃用力摇晃马尾，憋红了小脸。"除了茅町先生自己身上那条绳子，杀死他的人使用的也是绳子吧？那凶手可以用绳子攀上城墙啊！"

"不要小看筑城名人藤堂高虎！也不要轻视高达三十米的日本最高的城墙，用绳子可爬不上那么高的城墙。城池的城墙在战争年代可是最后的防卫线，关系到武将的生命安全。"

"高虎先生，我错了。"看到哥哥一改往日的好脾气，怒气冲冲的样子，桃缩了缩脖子，老老实实道了歉。

哥哥对上野城的热爱，盖过了妹妹对俳句的热爱。

"公园这么大，凶手也有可能前一天就偷偷溜进来了，不过依然不可能在作案后从两个入口以外的什么地方逃出去。"

"而且虽说是早上，附近肯定也有路人经过，明目张胆地用绳子爬上城墙肯定会被发现的。"

听到青给出的答案，空夸赞道："不愧是小青，就是聪明。相较之下，我家的桃就……"话说到一半，他叹了口气。

"什么嘛，哥哥总是偏袒青。没准时起床的人可是她哦。"

桃说着瞪了空一眼，空则假装没看见。而听到空夸奖的青，也没有给出任何反应。大概是因为，一直以来解决事件的人实际上是青吧……

"另外，跳进护城河也是不可能的，因为城墙有坡度。正所谓清正的扇子，高虎的直线，高虎建造的城墙倾斜角度都是相同的，然后笔直向上延伸。从上面跳下去会先撞上城墙身受重伤。就算成功跳下去了，要想爬上对岸也是一件非常难的事。"热爱城堡的哥哥补充道。

"换句话说，凶手就在这些人之中。"

"对，包括你在内。"

"我当然是清白的了。仔细回想一下，我一直和爱希小姐在一起，有完美的不在场证明。而且在雨停之前，正树先生也和我们在一起。进入休息处的那段时间，公园的阿姨也能为我们做证，虽然她偶尔会到里面去工作。"

"这倒是。"对这一情况了如指掌的空苦笑着。就差说一句"脑子转得还挺快"了。

空小看别人的态度再次引起桃的不满。"干什么一副'真是可惜'的语气啊。我要是真成了嫌疑人，最头疼的应该是哥哥你吧。"

"不过这个凶手还真是粗心。在监控摄像头的帮助下，警方这么快就确定了嫌疑人的范围。或者说，是他运气太差。"

青对兄妹拌嘴一点儿兴趣都没有，她用有些低沉的声音把话题拉回了正轨。

"就算没有摄像头，在那种状况下，这群人也会最先遭到怀疑啊，所以要我说啊，凶手还是从一开始就欠缺考虑。"桃歪着头，有些不可思议地嘟哝道。

"但如果想杀人反而被杀，或许就跟粗心没关系了。"

"哥哥，听你的语气，已经仔细调查过不在场证明了吧。"

"当然。"空拍了拍胸脯，"不过大家不可能一边看着表一边参加活动，时间算不上精确，幸好下了那场倾盆大雨，雨从九点三十五分下到了四十五分。首先是爱希小姐，她始终和桃在一起，不在场证明明确。中途也没去过厕所。"

"怎么能问女孩子这种问题呢？该不会只是哥哥你想知道吧？"桃皱着眉和哥哥拉开一段距离，站到青身边。

"你非要把自己的哥哥说成变态吗？"

"呀！救命呀！有变态！"桃抓着青的胳膊，胡乱踢着腿。

"喂，不想听下去了吗？"

"对不起，哥哥。"

"真拿你没办法。"

"还是这么溺爱妹妹啊。"青平静地看着二人的你来我往，扑哧一声笑了。

"是吗？"空自己也有点意外，清了清嗓子，继续说："接下来是正树，在雨停之前，也就是九点四十五分之前，一直和你们在一起。几分钟后他抵达俳圣殿，发现了尸体。"

"在我的印象里，爱希小姐没有那么快接到他打来的电话……"凭着半日前的朦胧记忆，桃提出疑问。

"正树是十点左右打的电话。据他本人说，发现尸体时自己吓得魂都没了，过了一会儿才能动弹。"

"想不到他这么胆小。"

"那个人一看就很胆小啊。"青说这句话时的语气就像爱希，她冷漠地断言道。

"我以为他会稍微有点胆量呢。"

"广小路阳太最先去的俳圣殿，然后是伊贺上野城天守。他到那里的时候是九点二十左右，花了大概十五分钟解谜，正准备去下一个地方的时候天降大雨。天守接待处的工作人员是这么说的……啊，顺带一提，那个人和休息处的工作人员长得很像，甚至会让人怀疑她们是不是姐妹，不过据说其实一点关系都没有。继续刚才的话题，那人说耸立于城墙之上的天守只有那一个入口，所以可以证明从九点二十分到三十五分这段时间，阳太的确就在天守。下雨时阳太一直在跟工作人员聊天，用他的话说，是那个爱说话的工作人员不肯放他走，所以直到九点五十正树发现尸体前，他一直待在接待处。雨停之后他就朝着忍者小屋去了。"

空停顿了一会儿，翻到了笔记的下一页。

"然后是上林佑纪，活动一开始，他就和绘梨子、西大手二人分开，先后去了城堡会馆和筒井古城，在前往下一个目的地芭蕉翁纪念馆的途中遇到了大雨。但他想尽快解开谜题，于是冒着雨去了。"

"所以他才会浑身湿透吗？"

接到正树的电话后，桃和爱希赶至俳圣殿，佑纪始终穿着湿漉漉的衣服站在正树身旁。

"他在芭蕉翁纪念馆稍作停留之后，来到俳圣殿，遇到了发现尸体的正树。"

"佑纪先生原来是在我们休息的时候超过我们的啊。"似乎是终于搞清楚了，桃拍了一下手。"我之前一直以为佑纪先生就是凶手，所以才会始终呆立在现场。"

"你真的是侦探吗？算了，据正树所说，他刚给爱希打完电话佑纪就到了，所以他抵达俳圣殿的时间应该是十点多一点。"

"也就是说，佑纪先生没有不在场证明。"

"对。不过他的确解开了谜题。"

"每次活动的谜题都是一样的，只要参加过一次，不仅是答案，连答题的顺序都知道。"

听到青的解释，空惊讶地说："是这样吗？"

看来他之前并不知情。

"我也听说了，找人出这种正规的谜题很贵，所以都是循环使用。我还听到酒店的人说，为了增加回头客，也是时候该更新一下了。"桃得意地说。

这个消息对空来说无疑是晴天霹雳，他抱着脑袋低头烦恼。他之前大概天真地以为，可以拿每个人解出的答案作为不在场证明吧。桃和青都担心地看着他，突然，空抬起头来。

"也就是说，凶手能猜到谁会在什么时候出现在哪里吗！"

"考虑到每个人解谜所需的时间不同，不能断言，但毕竟活动才刚刚开始，所以误差应该很小。"青默默点了点头。与总是面带笑容的桃不同，青面无表情。

"有可能不是暗寻机会下手，而是精准出招吗……必须重新调查每个人的不在场证明了。"

"哥哥，不要光顾着反省啦，继续说其他人的不在场证明吧。"

"哦，对。接下来是佑纪的妹妹绘梨子，她最先去的是公园西南角的古井户，九点二十分左右前往下一个地点城堡会馆。在城堡会馆解谜时西大手也来了。城堡会馆是绘梨子的第二个目的地，是西大手的第三个目的地，他之前已经先后解开了梅林和古井户的谜题，所以他的进度比较超前。当时是九点三十分，五分钟后下雨时，他们在城堡会馆的屋檐下避雨，聊了很多与谜题无关的话题，大概就是小情侣之间的腻腻歪歪吧。之后二人便决定一起行动了。"

带着几分嫉妒的语气，正在积极寻找女朋友的空进行了上述说明。

"最后是猪田道夫，他在天守花了一些时间，走出城堡的时候是九点二十几分。在天守内的楼梯处与阳太擦肩而过，所以应该是二十二或二十三分吧。接待处的工作人员也提供了证词，说阳太进去两三分钟后，猪田就出来了。之后他到了忍者小屋，顺便在那里避雨，在避雨期间解开了谜题，所以四十五分雨停时便离开忍者小屋，朝着梅林去了。这期间他没有不在场证明。"

"有完美不在场证明的人很少。而且没人看见过关键人物茅町先生吗？"桃机械性地问着。

桃已经放弃自己去理解了，决定稍后让青来解析。所以她只是为了青在催促空对每个人的行动轨迹进行说明。

空似乎看透了这个傻妹妹的心思,对于桃懒散的态度,他脸上的不悦一闪而过,但马上调整状态,正色对青说:"有三条关于黑忍者的目击证词。由于另一个黑忍者,也就是爱希的行动轨迹非常清晰,所以这三条目击证词针对的应该都是茅町。按照时间顺序,最初的目击者是阳太。他从俳圣殿出来时,瞥到了黑忍者一眼。但对方很快就消失在了树荫下。当时应该是九点十五分左右。第二个是猪田,他从天守去忍者小屋时看到了黑忍者的背影。猪田在天守花了一些时间,所以应该是九点二十五分左右。猪田看到那名黑忍者快步朝着俳圣殿而去。最后是西大手,据他说大概开始下雨的一分钟前,他看到黑忍者在筒井古城。因为他当时在城堡会馆,位于筒井古城的南侧。"

"那个时候西大手先生应该和绘梨子小姐在一起吧,绘梨子小姐没看到吗?"提问的自然是青。

"嗯。西大手当时和绘梨子说了,但等她抬头看的时候,人已经不在了。绘梨子没看到或许也跟身高有关,她和西大手身高差了将近二十厘米。"

听到这里,青突然大喊:"请等一下!"然后闭上眼睛,用右手捂着嘴。

五秒后,青睁开泛蓝的双眼,说:"你们不觉得奇怪吗?九点十五分的时候在俳圣殿附近,二十五分被人看到正朝着俳圣殿而去,最后又在大雨前的筒井古城出现。遭到目击的顺序明明是这样,可人却死在了俳圣殿,就是说茅町先生在被杀前一直在俳圣殿周围转悠吗?关键是他去的这些地方都不是他该去答题的地方。"

"这一点我们也觉得可疑,有人猜测,他是不是为了找什么人。比如在找爱希，那个时间段爱希原本应该在俳圣殿答第二道题。"

"如果是这样，那么他在发现爱希小姐不在俳圣殿后，应该前往之前的答题点芭蕉翁纪念馆找人吧？"青尖锐地质问道。

青平时对空总是客客气气的，一旦开始查案，语气就会变得很严肃。

空似乎也被她的气势所慑，身子后仰，含糊地说："你说的也有道理……在没有查清茅町的身份之前，谁都说不好他到底想做什么。"

结果又回到了最初的问题上。

"……那俳圣殿里发现的烟蒂，真的是爱希小姐的？"时间一分一秒地过去，刚刚被排除在外的桃适时提出疑问。

"对，不只是烟的牌子和口红的颜色，血型也一致。DNA鉴定结果还没出来，不能肯定，但据我猜测，凶手可能是想嫁祸给爱希。"

"伪装，烟蒂，手法这么幼稚。搞得我都没兴致了。"桃的语气就像是看了一部无聊的推理剧。

"范·达因也会嗤之以鼻。"青也重重点头。

"但如果爱希小姐没有明确的不在场证明，或许就会遭到怀疑了。毕竟警察都是头脑简单四肢发达。"

"喂，说我也就算了，不许侮辱警察。这种小伎俩谁看不出来啊。"空愤慨地站起身。

*

吃完晚饭，桃和青刚回到酒店房间，就传来了敲门声。桃打开门，外面站着绘梨子，她身后是西大手。二人面容憔悴，就像是知道自己死期将近的病人。

"有什么事吗？"

察觉到气氛不对，桃马上将二人请到房间里。

"我哥被怀疑了。"

"警察说要重新取证，把前辈带走了……"

关上门的同时，二人说道。

"请、请冷静点儿。"

桃先请二人坐在藤椅上，递出原本自己打算喝的苹果茶，和青一起询问了事情的经过。

原来警方在佑纪的包里发现了五个烟蒂，和留在俳圣殿里的是同一个牌子。当然不是他自己的，是爱希的，是他偷偷收藏的。

"你哥哥，该不会是爱希小姐的跟踪狂吧？"

听到桃问得如此直白，在这个非常时期，绘梨子也顾不了那么多了，点了点头。"是的……真的难以启齿。警察现在误会了，不管我们怎么解释他们都不听。"

据绘梨子说，佑纪相信爱希的花言巧语，把父母留下的遗产都拿去投资，结果几乎是血本无归。等家人发现的时候，就只剩下从父母那代就居住的老房子了。有传言说，那些钱都进了爱希公司的账上。原本以为佑纪会就此醒悟，可他不仅没有生气，反而对爱希更加疯狂了。不管身边的人怎么苦口婆心地劝说，告诉他是被爱希骗了，他都不信。甚至还想用新的贡品吸引爱希的注意。再这么下去，不是他们住的房子被抢走，就是佑纪会因为跟踪狂的举动升级而遭到逮捕。无论是什么结果，都是地狱。为了让佑纪对爱希彻底死心，绘梨子等人已经在拼命劝说了，但——

"看到那个女人也参加了这个活动的时候,我明白,哥哥一点儿都没变……都已经被害得那么惨了,他依然没有改变……依然没有。"

那声音就像是在绝望谷底蠢动的亡灵,难以想象是一个年轻女子发出来的。在间接光源的映衬下,原本在阳光下光洁可爱的脸蛋也仿佛一颗腐败的梨,变得暗沉了。

"那也难怪警察会怀疑他了。他又没有不在场证明。"

听到不懂得察言观色、反应迟钝的桃这么说,绘梨子哇的一声捂住了脸。

"就算是事实,说话的时候也要注意措辞。"

青的小声责备无疑是火上浇油。

"前辈很专一,为此成了跟踪狂,但他绝对不是那种会杀人的人。如果遇害的是爱希小姐还可以说是事出有因……我们听说桃小姐是某位刑警的妹妹。所以能不能请你帮帮忙呢?"西大手有些激动地把脸贴近桃。

西大手长得还挺帅的,但这份热情让人有点受不了。他身材瘦长,应该经常运动,据说学生时代曾经骑行纵贯本州。他是比佑纪小两届的学弟,毕业后又和佑纪进了同一家公司,所以也是后者职场上的后辈。从大学时代起,他跟这对兄妹关系就很亲密。

"是来说情的吗……好吧,我可以帮你们打听打听。"

桃无精打采地给哥哥打电话。如果能确认佑纪不是凶手,她肯定会很积极地打这个电话,但现在什么都没有搞清楚,她不想扰乱哥哥。因为桃和青这边不主动干涉,对方才会默许她们的行为,这个认知桃还是有的。

两声铃响后,空接了。

"怎么了?"

桃说明了事情的原委。

"原来如此，所以佑纪才会偷拿酒店的餐刀啊。那个大概也是爱希用过的。已经采集了上面的指纹。"

"还有这种事！"

桃彻底惊呆了，偷偷看向绘梨子他们那边，目光与出于担心而聚精会神听这边对话的绘梨子碰到了一起。他们大概并不知道餐刀的事。

"被杀的又不是爱希小姐，不是吗？"

"正所谓爱之深恨之切，也许是想栽赃陷害呢。"

桃很想说应该不会，但手上又没有证据。

"对了，知道被害者的姓名了。"

即便隔着电话，也能感觉到空压低了声音。

"在距离这里比较远的市营停车场内发现了一辆车。车里除了衣服，还有钱包、手机和驾驶证。手机正在等待解锁，驾驶证上显示，这个人是名古屋某间酒吧的调酒师，名叫丸山佐助。"

"丸山佐助？"桃稍微思考了一会儿，就算是记忆力与吸管无异的她也敢断定，自己从未听过这个名字。"茅町果然是假名字。"

"嗯，而且他来自名古屋，果然是为了那些人中的某一个而来。现在已经知道了死者的本名，要想查明动机并不难。"

"嗯……哥哥，稍等一下！"

桃双颊泛红，在电话这头大喊，完全忘了悲伤的绘梨子和西大手的存在。

"佐助！是佐助啊！猿飞佐助。也就是猴子！猴子穿蓑衣。秋雨知寒，小猿猴也想穿蓑衣。果然是比拟芭蕉俳句的比拟杀人！"

4

"果然是比拟芭蕉俳句的比拟杀人!"

和哥哥通完电话的桃依旧难掩兴奋地看着青。

"秋雨知寒,小猿猴也想穿蓑衣。是有名的《猿蓑》的前两句,是芭蕉在伊贺这里作的。用在俳圣殿刚好!"

桃得意地在那里指手画脚说个没完。由于身体语言过于丰富,校服裙子都变得皱巴巴的了。

"我明白,涉及你喜欢的俳句,你很开心。但秋雨应该是冬天的季语吧?"青用那双如晴朗月夜般的蓝色眼眸指出了问题所在。

"你不是对俳句没兴趣吗,居然连这都知道。季节不重要吧。那你敢断言这其中一点儿关系都没有?"双颊鼓得像是带到山顶上的薯片袋子,桃不高兴地说道。

"如果只有两点符合就算了,但现在有三点都符合,也不得不考虑这个可能性了。"青耸了耸肩,不得已做出了让步。

得到爱较真的青的认同,桃满意地点点头。

"不过,凶手为什么要特意用比拟手法杀人,还有待研究。"

"是哦……"每次桃心情变好的时候,青就会泼冷水。青真的很聪明,让人不甘心。

"那我哥他……"一直被排除在外的绘梨子忍不住问道。

看到那张憔悴的脸,桃"啊"了一声。桃的脑子里都是俳句比拟的事,完全忘记了绘梨子他们的存在,但这种事是无论如何也说不出口的。

"啊,嗯,事情不好办啊。"

虽是不得已的辩解,但也确实没有说谎。通过刚刚的电话可以感觉出来,在得知死者名字后,警方应该会对佑纪进行严厉的审讯。把餐刀的事情告诉他们只会徒增不安，所以桃决定不说出来。

"这样啊。"大概隐约察觉到了这个结果，绘梨子放弃继续追问。

桃为此感到庆幸，话锋一转："我想问一下，你哥哥对芭蕉的俳句有兴趣吗？"

"没兴趣！从未听他提起过！"代替因困惑而陷入沉默的绘梨子，西大手大叫着插嘴道。

明亮且浑厚的男高音响彻整个房间。他的肺活量肯定很大吧。这家酒店的隔音做得很好，隔壁房间应该听不到，但如果是木质房屋，住在隔壁的人肯定会愤怒地捶墙吧。

"前辈会参加这个活动，完全是因为爱希小姐参加了。恐怕他连芭蕉的'芭'字都不认识。"

大概是因为佑纪是跟踪狂这件事已经暴露，西大手也不再遮遮掩掩。但他的表情始终很痛苦。对方认真的态度吓到了桃。

"我想问一下，佑纪先生是怎么知道爱希小姐参加了这个活动的？该不会是安装了窃听器吧？"青平静地问道。

"这个……昨天我也问过他了，他说是有人告诉他的。"

"是什么时候的事？"

"两个月前。"

应该就是桃和青在键屋之辻看到的那一幕。绘梨子似乎不知道这件事。

"我哥邀请我们一起参加这个活动就是在两个月前。也就是说，他在得知这个消息之后就马上……唯有这种时候他才会如此果断。"绘梨子垂下纤细的脖颈，很是沮丧，连叹气的力气都没有了，张着嘴说不出话。

"两个月前吗？那有足够的时间看完《奥之细道》和《猿蓑》。"

青用细长的眼睛瞪着不懂得察言观色的桃。"别说多余的话。"

"他没说是谁告诉他的吗？"

"没有。"西大手痛苦地点了点头。

"既然立刻决定参加，证明他没有怀疑对方提供的信息的真实性。也就是说，那个人不是匿名通知的，而且是他信任的人，对吗？"

"这个……他说给酒店打电话确认过，信息无误。"

"酒店方把参加者的名字告诉他了？安全意识太差了。"在东京长大的青由衷地发出了感叹，语气和爱希很像。

"乡下就是这样啦，因为太平又悠闲。"桃因伊贺遭到侮辱而反驳道，"也正因为这样，我们才能以侦探的身份进出各处呀。"

"这倒是，如果是在城市，恐怕二话不说就会被撵出去。"

"我哥不会杀人的！"话题越扯越远，绘梨子想要将二人拉回正轨，再次控诉道。

"如果遇害的是爱希小姐，就有可能是他干的了吧。正所谓，爱之深恨之切。"桃小声嘟囔着。

"不会的。而且被杀的也不是爱希小姐啊。"

桃完全不理会绘梨子的不知所措，突然说了一句"对啊"，然后抬头看向天花板，焦茶色的眼眸闪闪发光，看着绘梨子说："因为死者和爱希小姐都是黑忍者打扮，或许他是把那个人当成爱希小姐了。他们俩的体形也很像！"

"不会的！前辈那么爱爱希小姐，他不可能杀爱希小姐。前辈在学生时代，被称为海部的小天真，是个心地善良的人。只是在爱希小姐这件事上，他装成碰巧参加活动，收集爱希小姐抽过的烟蒂……"原本打算反驳的西大手，突然发现自己根本就是在列举佑纪的跟踪狂行为，说话声越来越小……

"就算爱希小姐和茅町先生两个人都戴着墨镜，一般来说也不会把性别搞错。只要说句话就暴露了。"感觉到气氛不对的青做出了理性的分析。

"对哦！"

"总而言之，被害人的身份已经查明，很快就能搞清楚他和佑纪先生到底有没有关系。如果查到被害人和其他人有着密切联系，嫌疑自然就会转移到那个人身上。"

青深刻体会到不能再让桃继续主导这个话题，她郑重地看着二人。"你们二位听说过丸山佐助这个人吗？"

两人像同步器一样，由右至左摇了摇头。

"第一次听到这个名字。"

绘梨子话音刚落，西大手也紧随其后说："我也是。"

"这样啊。如果那人与佑纪先生之间并无关联，警方应该很快就会释放他。总而言之，凶手很可能就在这座酒店里，还请多加小心。"

对面的二人对视了一眼。说到底不过是形式上的安慰，具体能让他们安心多少，连青也不知道。

*

"青，你觉得佑纪先生是凶手吗？"

仿佛涂着一层厚厚的不安妆容的二人离开房间后，桃在床上盘腿而坐，嘴里叼着都醋昆布问道。

"还说不好。如果他和被害人真的没关系,可能性就很低。"用绿茶润了润喉咙,青慎重地答道。

即便是在桃面前也不会胡乱猜测是青聪明的地方,也是让人焦躁的地方。

"我们来整理一下情报吧?"

"求你快整理一下吧。我哥说的那些我完全没听进去,他的说明太烂了。"

"你哥真是太可怜了。"

"你这话是什么意思?"

"就是表面的意思。言归正传,如果这起案子真如你所说,是一起比拟杀人案,其中有一点已经很明确了,那就是凶手是在暴雨之后作的案。"

"因为不下雨,比拟就不成立了,对吧。这个我还是能明白的。"桃边咔吧咔吧吃着都醋昆布,边点头。

"而之前没有关于这场雨的任何预报,也就是说,凶手不可能提前预料到下雨,并针对这一情况做好比拟杀人的准备。那么当时的情况应该是这样的,凶手在下雨后将佐助杀死,看到了一直放在俳圣殿里的蓑衣,于是就比拟了《猿蓑》中的句子。"

"你的意思是,比拟是临时想到的?凶手为什么要这么做?"

听到桃漫不经心的提问,正在喝着茶包泡出来的红茶的青狠狠瞪了桃一眼。"说比拟杀人的不是你吗?"

"别生气嘛。有很多事都是只知道结果,不知道原因,不是吗?例如,糖在热水里比在冷水里融化得快;冰面上比较滑;地理课教授总是会让人犯困之类的。啊,我明白了!开始下雨后,没有不在场证明的人就是凶手,对吗?"

"这一点我刚才已经说过了。"青冷冷地吐槽着,她对这状况已经习以为常了。

"下雨之后有不在场证明的人……"

"我,我有!"桃满面笑容地举起右手。

"有你、一直和你在一起的爱希小姐。广小路正树先生在雨停之后没有不在场证明。绘梨子小姐和西大手先生在开始下雨前就待在一起,所以是有不在场证明的。广小路阳太先生下雨时在天守,有不在场证明。而猪田先生和佑纪先生没有不在场证明。"

"这就是所有人了?"

"如果在城内的都算,那还有两名工作人员。休息处的阿姨也和桃在一起,天守的阿姨则是在和阳太先生聊天。"

"休息处的阿姨偶尔会到店铺的后面去,所以并不是一直和我在一起。"

"这倒是。"似乎早就料到了,青当即表示同意,"天守的阿姨也是一样,没人看到她始终坐在接待处那里。"

"就是说不能完全排除?"桃边问边把第二片都醋昆布放进了嘴里。

"就目前来说,是接近于白的灰吧,就像是山水画里模糊的部分。暂时把这两位阿姨排除在外的话,没有不在场证明的就是佑纪先生、猪田先生和正树先生三人。"

"佑纪先生也在其中啊,绘梨子小姐恐怕要更加坐立不安了。如果天守的阿姨不能完全摆脱嫌疑,那阳太先生也一样吧?"桃抱着胳膊歪着脑袋说道。

"桃,你也进去过,应该清楚,要想离开天守,就必须经过接待处。没有其他出口。也就是说,接待处的阿姨可以神不知鬼不觉地到外面去,阳太先生却不可能躲过阿姨的眼睛。"

"也许那个阿姨和阳太先生是一伙的,提前对好了口供?禁忌的忘年不伦之恋？"

"你平时都在便利店看了些什么漫画啊？而且没有情报显示那位阿姨已婚。不要说这种低俗笑话。"青板着脸瞪了桃一眼。

"再者，如果他们真的是同伙，为什么不直接说'一直在聊天'之类的，创造更加完美的不在场证明呢？"

"对哦，有道理。如果是我的话，大概会说两个人在玩扭扭乐。这么说不仅不会遭到怀疑，还埋下了两人的感情线。"

"别再说便利店里的漫画内容了，会把事情搞得更复杂。"

"抱歉，抱歉。要说这三个人的话，我觉得猪田先生是凶手。"桃直截了当给出了答案，嘴里的都醋昆布咔吧作响。

"这是你的侦探直觉，还是愿望？"

"嗯——一定要说的话，是愿望吧。"桃笑嘻嘻地想要糊弄过去。

青则无奈地说："要我说啊，那百分之百是你的愿望吧。"

"谁叫那家伙那么恶心。"

"因为恶心就报警的是小学生。你已经是个高中生，不能再以貌取人了。而且就算再怎么恶心，猪田先生也有好好工作啊。"

"什么工作呀，根本就是诈骗，冒充芭蕉后人的诈骗。他教别人那种莫名其妙的俳句，也不能称之为工作。而且他肯定没好好交税！"

桃的太阳穴青筋暴起，发出了强烈抗议。用棒球来打比方的话，此时的她愤怒得想直接把一垒丢出去。但手边没有合适的东西可以丢，当她开始找有没有枕头一类能代替的东西的时候，突然想起了昨晚的事。

"对了……昨天在瞭望餐厅，猪田先生和正树先生不是吵架来着？丸山是什么人我不知道，但猪田先生毫无疑问是孤立波[①]。"

"嗯……"青也压低了声音，"看来，在搞清楚丸山佐助的身份前，无法继续推理下去。比拟杀人也是一样。现在除了你和爱希小姐有完美不在场证明，其他人都有嫌疑。"

"还好我有不在场证明，侦探被怀疑还得了？"桃松了一口气，用力伸了个懒腰，顺势躺了下去。

5

第二天早晨。

"不好了！"

桃一把掀起被褥，叫醒青。二人都穿着高中的运动服，右边胸口位置缝着校章。不同的是，桃穿的是当季的半袖和短裤，青穿的则是长袖长裤。青怕吹空调，在家也是整年都穿着长袖睡衣。

"青，你快醒醒，大事不好了啊！"

尽管桃抓着前襟前后摇晃，青也完全没有醒来的意思。青外表看起来纤细柔弱，唯独在起床这件事上，她的脸皮就像经常吃霸王餐的那些胡楂儿一大把的大叔一样厚。

桃下意识在脑中描绘青胡子拉碴的样子时，耳边突然传来嗡的一声，青翻了个身，右手飞了过来，是里拳[②]。桃急忙躲开，右眼险些就变成漫画里画的那种大青眼泡了。

真是的！

刚才的一幕让桃回想起初中时的修学旅行，那个时候青的睡

[①] 一种奇特的水波。仅有一个波峰，波长无限。
[②] 空手道的招式。

相就很差了,班长出于义务多次想要叫醒青,肚子却狠狠挨了一记膝踢。

班长腹部受到冲击后,把已经变成胶状的前一晚的零食喷了青一脸,这个传说时至今日依然流传于母校。无论是对青还是对班长来说,那都是一次可以写进黑历史的修学旅行。

"要不要把这张邋遢的脸拍下来,发给班里的同学呢?"

心里虽然这么想,但很明显,事后肯定会遭到十倍的报复,桃很快便放弃了这个想法。不过还是拍了一张以备不时之需。

本以为快门的声音会吵醒青,结果并没有。看来她没有那么自我意识过剩。

没办法了,桃把脸凑到青耳边,大喊:"发生凶杀案啦!"

要想叫醒侦探,还是得用凶杀案,效果立竿见影。青的身体瞬间从床上弹了起来,睡眼惺忪地环顾四周。

"你应该把闹铃设成这句话。"

"什么,你骗我的?"以为被捉弄的青皱着眉头,满脸不悦。

"没骗你。拜托你信任我一点啊。"

"我一直都很信任你啊。到底发生什么事了?"青说话的声音低沉,就像是被捏到极限的青蛙发出来的,她的右手则在枕边摸索,就像是高手在寻找称手的兵器。

"就是凶杀案啊!爱希小姐被杀了。刚刚哥哥打电话告诉我的。"

"爱希小姐……快告诉我是怎么回事。"青眼睛突然张大,拍了拍脸颊站起身。

到底是女孩子。二人没有马上奔出房间,而是梳好头发,换上校服,又整理了一下,十五分钟后才赶到爱希房间所在的楼层。

虽然同样是来参加活动，但只有爱希申请了可以吸烟的房间，猪田和绘梨子他们自不必说，连正树和阳太也没和她住在同一个楼层。而佑纪似乎没有调查得那么细致，所以也跟其他人一样住在禁烟楼层。

爱希的房间已经被警方的调查人员翻了个底朝天。房门就像是人气拉面店的布帘，没有片刻是关着的，鉴识官等工作人员频繁出入。听闻发生案子前来看热闹的人们（主要是酒店住客）与现场保持一定距离，挤在狭窄的走廊里。

桃和青做好冲进特卖会一般的心理准备，在人群中艰难前行。脸和身体都像黏土一样被挤变了形，不知道还能不能变回原样。她们在人群中还看到了猪田，这次他自然没有作忍者打扮，穿着休闲的牛仔裤。

"哟，刚刚起床的JK们。听说爱希小姐被人勒死在了浴室里。浴室里还发现了青蛙摆件。"

接着，猪田得意地吟了一句："青蛙跃入古池，水声响。"

"又是比拟杀人吗？居然拿俳句当杀人工具，真是史上最可恨的凶手。身为芭蕉的后人，这是令我最难过的事。"

"虽然我们意见完全不合，但唯独这件事我表示同意。可你是怎么知道比拟杀人的事的？莫非……"台词被抢先说出来的桃用怀疑的眼神瞪着猪田。

猪田则泰然自若。"是昨晚绘梨子小姐告诉我的。"他满不在乎地把绘梨子供了出来。

"绘梨子小姐告诉你的？"

"她当时和西大手在一起，我们在走廊擦肩而过，于是我就说了一句'令兄这次麻烦大了啊'，她便急切地向我解释，说那是一起比拟《猿蓑》的杀人案，他哥哥根本不懂俳句和芭蕉，是无辜的。"即便是猪田,在那样的情况下也会不知所措吧,说着便露出了苦笑。

"真拼命啊。兄之罪索多玛之云海,小女子一人鸣不平。不过眼下爱希小姐被杀,佑纪的嫌疑更大了吧?"

"这种不经大脑的话我劝你还是别说。佑纪先生昨晚还在警方那边。"

旁边的青用冰冷的视线瞪着猪田,再慢一点桃就要上去揍他了。但总之,她们现在没时间理会猪田。二人穿过人群,以相关人员的身份进入房间。

"亲爱的哥哥。"

听到桃的招呼声,陌生的年长刑警忽然抬起头。"你'亲爱的哥哥'在浴室。"并用下巴指明了浴室的位置。

沿路有两扇门,浴室是靠里面那间。房间格局和桃她们的一样,只是伊贺城堡的浴室和卫生间是分开的。爱希住的这间是小双人床房,比桃她们住的房间要大上一圈。墙上还挂着液晶电视,尺寸也更大。

"别那么叫我。"

看来他是听到了,浴室里传来空的声音,门也随之打开。空眼圈发黑,一副睡眠不足的样子,他探出头来。

"我们的工作都做完了,可以让你们稍微看两眼。放心吧,遗体已经运走了。"

大概乡下的警察都是这么散漫吧,鉴识官们只是笑了笑,没多说什么,甚至还提出要用挂在脖子上的职务用相机和桃她们拍照,当然被空一脸凶相地拒绝了。

"房间里烟味好重啊,连浴室里都有,看来她真是个老烟枪。"

浴缸旁边放着烟灰缸，里面躺着几个熟悉的细支薄荷烟的烟蒂。

"别碰哦。那些稍后要拿走的。"

"我知道。我可没有收集烟蒂的兴趣，又不是昭和的穷学生。"

桃环顾浴室，和自己房间的没什么区别。一半是浴缸，另一半是淋浴空间。淋浴空间正面有莲蓬头和镜子，还有一堆洗漱用品，其中掺杂着一些名牌，桃她们的房间里并没有，应该是爱希自己带来的。

浴缸里还残留着已经变凉的洗澡水，绳子围出的形状勉强可以看出是个人。看来被发现的时候，爱希的上半身靠在浴缸边上。

其中最引人注目的，就是端坐在浴缸底部的偷窥狂，不对，应该是……

"这就是那个青蛙摆件吗？"

俯视着陶瓷制茶色青蛙，桃嘟哝道。粗略估计，摆件宽不到三十厘米，高应该超过了二十厘米。除了两只凸出的眼睛，其他部位都在水面之下。皮肤的颜色很写实，但如此巨大，一般不会被误看成是真的。

"和蓑虫庵古池里的很像，但那个是石头的。"

第一天去蓑虫庵时曾看到过，在庵前的院子里有座古池，里面除了刻着芭蕉俳句的石碑，还沉放着一个青蛙石像。不过据传，《古池》并不是在这里作的，而是在江户。

"当然不是同一个东西。这个原本摆放在酒店中庭里，应该是凶手搬过来的。"

"那没什么好说的了，肯定是比拟《古池》的杀人。"桃志得意满地挺起胸脯。

"这么明显,不承认也不行了。"

"但这句的季节也不对,青蛙是春天的季语。"背后的青轻声补充道。

"要是一定要抠季语的话,就没法杀人了。"

"可以说,凶手对芭蕉并没有那么痴迷。"

听到青的评价,桃倒吸了一口凉气。"的确!我的话肯定会配合季语(虽然不太会作……),选择更加小众的句子。《猿蓑》和《古池》都太有名了,用这两句自己都会觉得不好意思。这么看来,猪田也不是凶手吗?"

"不要妄自揣测凶手的心思好吗?各位警官都无语了。"青教训完桃,看向空,"请问,爱希小姐是在洗澡时被杀的吗?"

"不是。"空摇了摇头,"她穿着睡衣,睡衣应该是自己带来的。"

"那就是穿着衣服进入浴缸。"

"嗯,她是被勒死的。具体案发现场是不是浴室,尚不能确定。但应该就在这个房间里。"

"为了比拟俳句特意放了洗澡水吗?"

"应该是,也有可能是洗完澡的水,但你们也看到了,水量很少。凶手既然不惜把青蛙摆件从中庭运到这里来,应该就不会在意放个洗澡水,费不了多少工夫。不过看来他没有耐心等着洗澡水放满。"

"万一这个时候有人来找爱希小姐就麻烦了,例如正树先生。"

"杀死爱希小姐的凶器是什么?和茅町先生一样,也是绳子吗?"无视嬉皮笑脸的桃,青询问道。

"不是，是爱希房间里的浴袍的带子。但不能断言就是这里的浴袍上的。"

"为什么？"

桃一脸困惑地提出这个问题的同时，青张口道："因为每个房间的浴袍款式都一样，所以凶手有可能用自己房间里的带子杀完人，再把这个房间里的拿走。"

"不愧是小青，脑子转得就是快。"

哥哥每次只夸青，桃小脸一沉，把头扭向一边。

"对了，是谁发现的？果然是正树先生吗？"

"为什么说是果然？刚才好像就说走嘴了。"

"因为那两个人绝对有肉体关系。"桃得意地插嘴道。

"听到你说出肉体关系这几个字，哥哥好伤心啊。而且他们不是叔叔和侄女吗？"

"杀害亲属并不是什么稀罕事，一般的作案动机都是父亲让亲女儿怀了孕。跟那种情况比起来，叔叔和侄女又算得了什么。"

"你在便利店看了太多漫画杂志了。发现尸体的是我和小田先生。"

小田就是刚刚那位露过脸的年长刑警，经常和空搭档。

"亲爱的哥哥，你该不会垂涎爱希小姐的美色，来与她幽会吧？"

桃说这句话的时候故意抬高了嗓音。房间外面很快传来了调查人员的偷笑声。

空故意咳了两声。"你没听见吗？是我和小田先生一起发现的。而且我们到这里的时候是早上七点。"

"不分昼夜！"

"你们为什么来找爱希小姐，是发现什么了吗？"青无视桃，把话题拉回了正轨。

空也马上调整状态，说："深夜终于解锁了被害人的手机，在电话簿里发现了爱希的名字。而且我们与被害人在丸山工作的酒吧取得了联系，得知这一年来，经常有位疑似是爱希的女性光顾。"

"也就是说，爱希小姐和丸山是认识的？"

"对，所以我们等到早上，打算来问问情况。"

"爱希小姐明明认识丸山，却装作不认识。有可疑的味道。"

桃抽动着鼻子到处闻，但接着便捏着鼻子说："果然有烟臭味。"

"不管她是否可疑，现在人已经死了。要是她昨天把事情说出来就好了。"空耸了耸肩。

"丸山把爱希发来的邮件都删了，只留下一封。不过那封邮件也只有一张照片的附件，没有文本，而照片里的人是正树。"

"三角关系！"

"桃，你闭嘴。"青吼了桃一声，她很少会这样。她接着说："爱希小姐为什么会给丸山发正树先生的照片？"

"我们正打算去问正树呢，再问问他是不是认识丸山。"

"这样啊。"青默默点了点头，"不过，既然爱希小姐特意发了照片，不认识的可能性更高。"

"嗯。"空也认同。

"哥哥，爱希小姐是什么时候遇害的？"

"在解剖结果出来之前，无法得知准确的时间，不过应该是昨晚十一点到凌晨一点之间。"

"丑时三刻吗？"

"不是！"空和青同时吐槽道。

桃被二人的怒吼吓了一跳，但很快就平复下来。"不过这样一来，佑纪先生就洗脱嫌疑了。因为他一直在警方手里嘛。"

"这个……"哥哥红着脸，挠了挠头。"昨天夜里佑纪已经被释放了。我们安排他住在总署附近的酒店里，还找人监视他。"

"那就能证明他没来过这家酒店，也就是有不在场证明啦。"

"呃……负责监视他的警官睡着了，从十二点开始睡，睡了两个小时左右。"

"太过分了！"这次是桃和青一起怒吼道。

"什么嘛。如果我是记者，肯定会大肆炒作。发生在芭蕉圣地的俳句比拟杀人；而且负责监视的警官睡着，导致冤案发生！这么劲爆，都能拿社长奖了。睡着的警官撤职，署长降职！绘梨子小姐好可怜哦！"桃就像是看到红布的猛牛，不停喘着粗气，义愤填膺地声讨着。

相对地，青则表现得很冷静，"可是，他不会预料到负责监视的警官会睡着，应该没胆子溜出去吧？"

"我也希望是这样，但警察不能先入为主。"

"都可以睡觉，为什么不能先入为主？"

外面的调查人员大概也觉得有失体面，此时一片寂静。

*

"只能向绘梨子小姐解释了。为什么我要代替哥哥给人家道歉啊。"

桃叹了口气，背对着酒店的床倒下去，反作用力使得床垫陷下去一大块。

"不小心睡着的又不是你哥。"坐在旁边的青喝着瓶装绿茶。

"他平时总是仗着警察的身份在我面前逞威风，这个时候当然要追究他的连带责任了。可他却跟没事人一样。"

"但是警方一直对我们的所作所为睁一只眼闭一只眼呀。所以这种时候也不能置身事外，代表警方低头也是我们的责任不是吗？"

"青，你就会说歪理。"因为说不过青，桃直跺脚。

"能说得通的就不是歪理，是'道理'。"

"好吧，好吧。也就是说，低头是我的任务喽？"

桃嘴里不停抱怨，坐起身从青手上抢过饮料瓶，咕咚咕咚地把茶往嗓子里灌。

"可是，既然丸山和爱希小姐早就相识，爱希小姐为什么要佯装不认识呢？"

"有些蹊跷啊。"

"黄豆面很臭[①]？"

"难道说，丸山原本打算杀死正树先生？"青无视桃的冷笑话，继续自己的推理。

"什么意思？"

"字面意思。丸山隐瞒身份，自称茅町出现在酒店。房间里不但没有遗物，连指纹都没有留下一个。爱希小姐在看到丸山的脸之后，依然装作不认识的样子，丸山的手机里存着爱希小姐发给他的正树先生的照片。最关键的是，丸山的怀里揣着绳子。"

经过如此细致的讲解，桃终于听明白了。她啪地拍了一下手，说道："原来如此。丸山打算假扮茅町，杀死正树先生后立即逃离吗，爱希小姐则参与了这项计划。"

[①] 前一句的原文是：きな臭い，而"黄豆面很臭"的日文是：きな粉臭い，两句话仅一字之差。

"我看不只是参与，或许她就是主谋。如果真如你所说，正树先生和爱希小姐之间存在亲密关系，那么动机就是感情纠葛。毕竟除了你，有完美不在场证明的人就只有爱希小姐。假设扭到脚是假……那她起初应该是想让休息处的阿姨给自己做不在场证明。后来因为你来了，你就成了证人。"

"所以她当时才会硬要我留下吗？我彻底被利用了啊。"愤怒的桃用力环起双臂。

"这只是其一，还有一个原因是，如果你跟着正树先生走，就没法实行杀人计划了。"

"对哦……可最后丸山却被人杀了，是正树先生把他杀了吗？"

"这个可能性很大。可如果是这样，那杀死爱希小姐的也是正树先生，那么爱希小姐昨晚为什么会轻易让正树先生进入房间呢？这一点我想不通。因为按理说，爱希小姐会怀疑他就是凶手……还有在俳圣殿发现的爱希小姐抽过的烟蒂和比拟芭蕉俳句杀人。如果正树先生是凶手，为什么要费这么多功夫呢？而且他是反杀对方，根本没时间，也没那个精力去筹划那些吧。关于这一点，完全解释不通。"

青又像平时那样，用右手捂着嘴开始沉思了。当这个表情出现时，班里的同学都评价她是冰山美人，连班主任看了都害怕。

"可是，"桃盯着雪白的天花板嘟哝道，"丸山为什么会和爱希小姐一样，都是黑色装束啊？"

"什么意思？"

"你想啊，如果有人看到黑忍者出入俳圣殿，虽然一般都会认为逃离现场的茅町先生是凶手，但也有可能怀疑到爱希小姐身上呀。"

"爱希小姐不就是为此才准备了完美的不在场证明吗？"

"但实际上那个阿姨总是到店铺后面去，根本不是什么完美的证人。当然，如果我不在，她也有可能会强行把那个阿姨留住。但如果丸山是其他颜色的忍者，爱希小姐不就更安全了吗？所以我想说的是，明明可以凭自己喜好随意挑选颜色，为什么还特意选择了一样的颜色呢？"

"有道理，你只有这方面的直觉比较敏锐。"青苦笑着赞许道。

"'只有'是什么意思啊！"桃为了抗议，再次跺起脚来。"……莫非，爱希小姐和丸山曾经交换过？因为他们都戴着墨镜。"

"交换啊，莫非在休息处和你说话的那个不是爱希小姐？"

"怎么可能，如果真是和爱希小姐长得一模一样的双胞胎妹妹，那我大概就分辨不出来了……啊，双胞胎妹妹！"

"不要把事情搞复杂。刚刚还夸你敏锐呢，我收回。"

听到这话，桃一脸沮丧。

"空哥他们正在向正树先生了解情况，或许能有什么发现。"

"我哥就只有块头大而已，别的指望不上。不知道他有没有问到关键。"

"你还有时间担心别人啊，赶紧想想怎么和绘梨子小姐解释吧。"

"什么——这果然是我的任务吗？"桃用枕头捂住脸，在床上抱着头烦恼。

6

结果，桃的担心不过是杞人忧天。因为桃在用手机里的花朵算命软件占卜了几次，终于下定决心要去把事情告诉绘梨子的时候，才得知绘梨子其实早就知道了。她是在警方问话的时候听到的，当场便责备了空他们。等桃到访时，她已经达到了仿佛目睹过世间所有大罪的圣女的境界。不需要漂白剂就能把衬衫洗干净，佑纪的嫌疑却洗不清。

"既然丸山和爱希小姐有联系，那么对佑纪先生来说，丸山就是情敌吧。"放下心中大石头的桃又像平时一样口无遮拦了。

绘梨子和西大手本想说什么，被佑纪拦住了。"警察也是这么说的，问我认不认识丸山，可我真的是第一次见他。而且别说丸山这个名字了，就连那个酒吧我也是头一次听说。"

佑纪的脸消瘦了许多，和前天采访时判若两人。虽然已经得到了释放，但依然被警察当成嫌疑犯，所以他根本睡不好吧。再加上心爱的爱希还被杀了。

警方将参加此次活动的人员照片拿给酒吧工作人员看，对方除了爱希，其他人都没见过。只是，佑纪是偷偷跟踪爱希，所以他也有可能早就认识丸山了。

"我知道是我不好，不该捡爱希小姐抽过的烟蒂。但爱希小姐已经不在了，那些烟蒂我会当作纪念，埋了它们，建一座供奉塔，然后一辈子为她守墓。"

"前辈，你在说什么啊！"西大手疾声厉色地吼道，并抓住佑纪的肩膀。

佑纪用毫无生气的眼神看着他。

西大手怒吼着："我听说那个女人和她叔叔有一腿，而且还打算利用丸山这个情人杀死她的叔叔。把一辈子浪费在这种女人身上，值得吗？"

"没错！哥哥，快醒醒吧。虽然很漫长，但你总算从那个女人的诅咒中解脱了，不是吗？"绘梨子也在旁边拼命劝道。

"他们是听谁说的呢？"不理会热血沸腾的二人，青在桃耳边低声问。

桃做出吹口哨的表情，看着远处装傻。

"对了，是谁告诉佑纪先生这场活动的事的？"

"是阳太。我本不打算说的……但爱希小姐都死了，为了抓到凶手，我才对警察那边说了。我不是说阳太是凶手，只是希望能帮助破案。"佑纪用非常疲惫的声音磕磕巴巴地把这件事说清楚了。

"爱希曾在餐厅怀疑是阳太，看来她猜对了。"西大手恍然大悟，声调都不由得抬高了。

"嗯，阳太大概只是想找爱希小姐的不痛快，因为他们同是公司的继承人，是竞争对手。而于我来说，他的目的是什么都无所谓，只要能接近爱希小姐就够了。"

"前辈！前辈，你太单纯了。你知道我们有多担心你吗？这个世界上有很多感情是必须隐藏起来的啊。"

"真的只是单纯地找不痛快吗？实际上，爱希小姐被杀了。"

对于青提出的质疑，最先给出反应的是绘梨子。"什么意思？"

"爱希小姐被杀，如果佑纪先生等人不在这里，最先被怀疑的肯定是阳太先生。"

平静地叙述完，事情也办完了，二人决定离开。

*

空到桃她们房间时已经过中午了。听说桃她们中午吃的是伊贺牛意面,他羡慕了好一会儿。

"你们听了肯定很开心,查到了很多新的事实;都是值得思考的新事实。"空在说这话的时候,很明显,脸上表现出来的更多的是感到棘手。

"是什么呀,哥哥。"桃知道,他露出这种表情的时候肯定没好事,因此问的时候带着戒备心。

"就是……"

据空所说,由于案发的时间太晚,所有人在当晚都没有不在场证明。硬要说的话,就只有住在同一个房间的桃和青了。只不过,佑纪没有不在场证明是警方的问题。

正树在得知爱希有可能打算杀他之后很吃惊,他的确在爱希上高中的时候强暴了她,之后也一直将她当作情妇,但正树认为爱希不会恨他,因为他对爱希很好,甚至把公司的实权都交给了她。

"这种人怎么不去死!"青面无表情地说道。

昨天晚上正树约过爱希,遭到了拒绝,于是便一个人待在房间里。得知爱希之所以拒绝自己,是因为怀疑他杀了丸山时,正树再次表示震惊。他当然表示没见过丸山。

除此之外,随着调查的推进,又发现了几个新情报。

其一,有一套黑忍者装束丢了。由于库存管理松懈,所以直到今天才发现。不过,三个月前查点的时候数目还是对的。穿过的衣服会被收集到一起,然后扔进布草间,只要有心,任何人都能偷到。

其二,在护城河河底发现了一套黑忍者装束,暂时还不清楚是不是被盗的那套,是包着石头扔下去的。发现者是清晨到护城河钓鱼的少年,但护城河那里禁止垂钓,所以他不仅没有得到褒奖，还被父母骂了一顿。

那身装束还没有被青苔和淤泥弄脏，所以应该扔到河面的时间不久。

"什么意思，还有一个神秘的黑忍者在暗中活动吗？"桃做出忍者暗中活动的动作，歪着脑袋问。

"简直就是影子军团。"喜欢忍者的哥哥插嘴道。

"怎么还夸上了。也就是说……可是，监控不是只拍到了两个黑忍者吗？那第三个呢？"

"思考这个问题是侦探的工作吧。"

听到青的话，空重重点头赞同道："对，对。"

"应该是警察的工作才对吧？"桃奚落完空，盘腿坐到床上。

"打算杀死正树先生的丸山已经被杀。那，另外一个黑忍者又跟谁有关呢？"

桃陷入沉思，她双臂环胸，头都快垂到胸口了，但一时半会儿也想不到答案。只是在疑问的沼泽里越陷越深。

"黑忍者或许是怀着与爱希小姐他们完全不同的目的在行动。"青喝着绿茶答道。与桃不同，她很优雅。

"也就是说，两个计划发生了冲突。另外一个黑忍者打算在公园里干什么呢？"

"杀死丸山。不对，有点奇怪……"

由于弯曲幅度太大，颈骨即将到达危险状态的时候，桃的脖子传来了关乎性命的嘎吱声。

"没事吧？"

没理会出于关心而起身询问的空，桃突然发出怪声："我知道了！"

【问题篇结束】

　　※ 到这里可以猜凶手了。在进入下一篇章前，先停下翻页的手，来思考一下凶手是谁如何？也可以吟上一句。

【解决篇】

7

桃突然发出怪声："我知道了！归根结底，死的都是黑忍者。"

吟了一句之后，桃焦茶色的眼眸散发出宝石般的光芒，她用力抬起头。结果用力过猛，后脑勺撞上了身后的墙。

"好疼。"桃抱着脑袋，"好险，好险。不对！丸山是被当成爱希小姐遭人错杀的。那里为什么会丢着爱希小姐抽过的烟蒂，哥哥知道吗？"

"为了嫁祸给爱希？"空有气无力地回答着。仿佛在说，我妹想到的答案肯定没什么大不了。

让桃不爽的是，空信赖的不是桃，而是青。不过他很清楚桃青组合的内情，这也是没办法的事。

"可是，那么明显的线索，警方是不会相信的吧。"

"这倒是，开会的时候没人认为爱希会那么笨，在案发现场抽烟。"

"要是一根还好，三根未免太多了。又不是陪酒女郎的发型，越多越好。凶手应该也能想到。但如果被害人是爱希小姐，有那些烟蒂就会显得很自然了吧？"

"爱希是被害人？即便是这样，凶手留下烟蒂的意义是什么？"空似乎提起了点兴致，很认真地询问道。

桃的声调却突然降了下来，她只想到了答案，之后的事还没想过。"这个嘛……我就不知道了。总而言之，这样更自然。我说得对吧？青。"

"五十分。"青面无表情地冷冷地宣告着，"稍等一下，我来重组一下案情。"

这次青不只用右手捂嘴，还闭上眼睛，把左手放在了胸口。这是最认真模式。青就这样沉思了大概三十秒。

"的确，按照这个思路去想，一切就都明朗了。那些烟蒂不是为了嫁祸给爱希小姐，而是为了完成另外一个诡计而放置在那里的。"

"另外一个诡计？"

不仅是空，提出这个思路的桃也探头看着青。

"我们假设爱希小姐在最后一次被目击之后，就立即被杀了。但如果在现场留下三根烟蒂，抽三根烟需要十五到二十分钟，就能误导人们以为爱希小姐在那之后的十五到二十分钟之间依然活着。而凶手就可以在这期间制造不在场证明。"

"也就是说，为了给自己制造不在场证明，凶手提前把烟蒂留在了现场。可如果爱希一直单独行动就没意义了吧？最初所有人都会分开行动。"

对于空提出的疑问，青微微摇了摇头。"按照正常顺序，爱希小姐应该会第二个进入俳圣殿。只要成功制造出在第一个进入的阳太先生离开，到第三个会进入的正树先生抵达之前的这二十分钟里，爱希小姐还活着的假象，凶手就可以在这段时间做很多工作。而且凶手主要是为了完成另外一个诡计，这件事只是顺便碰碰运气而已。结果反而把凶手带入了绝境。"

"不明白，实际被杀的是丸山，不是爱希啊。"

"我不是说了吗，是误杀！"桃左右摇晃着马尾，尖声抗议着，"因为他们都作黑忍者打扮，凶手搞错了！"

"是的，丸山和爱希小姐都是黑忍者装束，又是在昏暗的俳圣殿里从背后被勒死。脸埋在抓下来的蓑衣里，整个人趴在地上，凶手既看不到长相，也看不出来有没有胸。"

"就算杀人之后不确认，在杀之前也应该确认一下吧？凶手明知道有两个黑忍者。虽然身高确实很像，但只要出个声音就知道是男是女了啊。更何况还有可能混进来另外一个黑忍者。"空摆出无法接受的表情提出质疑。

"关键就在这里。正因为有第三个黑忍者才会发生误杀，只是我不知道怎么说……"

从语气中可以听出桃的焦躁。空自然是完全摸不着头脑。桃自己明明知道是怎么回事，就是无法说服对方，无法像电视里那些伟大的侦探一样，让对方认同和感叹。这一点实在让人焦躁。

青像是劝慰般，紧紧握住桃的手，代替她解释道："空哥，有一种情况不需要确认，那就是凶手是茅町的情况。黑忍者一共就两个，除了他就是爱希小姐，所以当他看到有黑忍者进入俳圣殿，自然认定那个人就是爱希，于是他完全不给对方反抗的机会，直接从背后勒住脖子。"

"可是，茅町是被害人啊？"

"丸山和茅町是两个人。如果丸山就是茅町，凶手是第三个黑忍者的话，应该就不会发生误杀这种事了。因为如果知道除了自己以外还有两个黑忍者，肯定会在下手之前确认对方是爱希小姐还是茅町先生。因此，被杀的丸山必然不是茅町，而是提前偷走黑忍者装束，偷偷混进来的第三个黑忍者。同时，凶手也只能是茅町。因为他和其他人一样，无条件地坚信眼前的黑忍者就是爱希小姐。也就是说，当时上野城公园里应该有三名黑忍者。"

"可是，小青。"空按着太阳穴整理了一下思绪，"监控摄像头里只捕捉到了两个黑忍者。莫非，丸山前一天就偷偷溜进公园了吗？"

"我们并不知道监控的事。因此，如果丸山没有混进来，那么应该只会拍到一个黑忍者。也就是说，茅町同时还扮演了另外一名参加者。这原本是凶手犯下的一个错误，之后由于丸山的突然出现才使得人数一致。当然，第三黑忍者丸山也不知道监控摄像头的存在。毕竟，如果不是茅町一人分饰两角，就会拍到三个黑忍者了，这对爱希小姐来说也是个麻烦。"

"等一下，等一下。"空喊了暂停，"先从丸山开始整理吧。丸山和爱希勾结，计划杀掉正树，对吧？"

"应该是的。爱希小姐有完美的不在场证明，或者应该说，只有爱希小姐有完美的不在场证明，这一点说明爱希小姐肯定参与其中。目标就是正树先生。桃之前提出过疑问，为什么爱希小姐和丸山会同样选择黑忍者装束。如果丸山不是茅町，而是第三个黑忍者的话，就很容易理解了。假设，丸山穿着与爱希小姐不同的青忍者装束，而作青忍者打扮的就只有阳太先生和佑纪先生两个人，附近一旦出现第三名青忍者，马上就能想到是有人冒充混了进来。选择其他颜色也是同样的结果，因为无法精确地预测所有人的行动，要是不小心碰到很可能会遭到怀疑。而且这次没人穿粉色，如果丸山的衣裳是粉色，当场就会被视作可疑人物吧。"

"原来如此。穿和爱希相同的颜色，就可以提前互通有无，保证不会碰到。"

"就算万一被目击到出入俳圣殿，因同样是黑忍者而遭到怀疑，也不用担心，因为爱希小姐从一开始就计划要制造完美的不在场证明,所以怀疑到她的风险很低。另一个黑忍者茅町被怀疑的可能性则比较高。而实际上,爱希小姐始终留在城堡的东侧。"

"看来爱希小姐从一开始就想让所有人都认为,凶手就在这个限定空间的参加者之中。因为要是让我们发现有潜藏的第三者存在,或许就会查到丸山……原来是这样啊,如果是这样的话,爱希的确不会制造出一个身份不明的茅町。"

"是的。据我猜测,她原本想栽赃给阳太先生吧。杀了正树先生,再把竞争对手阳太先生踢掉,她在公司里的地位就会稳如磐石。还有,将活动的事泄露给佑纪先生的应该是爱希小姐或者丸山。他恐怕就是阳太先生有不在场证明时的备选项。"

"丸山这块明白了,再说说茅町那边吧?"

把完全跟不上节奏、像个地藏菩萨似的呆在那里的桃晾在一边,空和青正在展开激烈的讨论。空对青的推理的理解程度已经超越了桃。

"这边就简单了。茅町一郎是当时公园里的某个人扮演的。据我猜测,凶手是计划捏造一个神秘人物茅町先生,让人误以为是他杀了爱希小姐并逃离了公园。被害人身边掉落的写有茅町名字的通票也是为了达到这个目的。我们则误解了他的意思,把茅町当成了被害人。只不过那之后凶手也陷入了意料之外的事态,那就是监控摄像头的存在和丸山的出现。因为杀错了人,凶手留下的被害人的烟蒂和加害人的通票等信息才会被我们彻底理解成相反的意思。"

"两人饰演同一角色和一人分饰两角同时出现,这才导致人数不多不少刚刚好吗?"

"凶手想设计成是神秘人物茅町杀了爱希小姐,然后逃离公园,可不知道中间出了什么问题,最后变成了杀死神秘人物茅町的凶手还留在公园里。"

青的语气中带着遗憾。虽然对方是坏人，但信奉秩序之美的她似乎对凶手产生了一丝怜悯之情，因为事情没能按照计划的那样发展。

"那是谁扮演了茅町，正树吗？"

"先把茅町的事放在一边，单说正树先生反过来杀害袭击自己的丸山这件事，可能性还是存在的。只是考虑到凶器是绳子，凶手应该是提前做好准备，瞬间完成了谋杀。"

"那是谁？"

"我知道了！"闲得发慌，用力嚼着都醋昆布的桃终于出声了。"第一个案子根本就不是什么比拟杀人！"

"什么？嚷嚷着是比拟杀人的不就是你吗？"

"那个嘛，我错了。"把昆布推到一边的嘴角，桃老老实实道了歉。

"桃说得没错，根本就不是比拟杀人。因为丸山佐助被杀只是个意外，而且他是唯有爱希小姐知道的鬼牌。也就是说，凶手并不知道自己杀死的人是佐助。不仅如此，从他留下烟蒂的行为来看，他坚信自己杀的就是爱希小姐。'秋雨知寒，小猿猴也想穿蓑衣'放在爱希小姐身上是不成立的。所以结论就是，那场暴雨只是偶然，蓑衣是被害人偶然拽下来的。这样想更加自然，就跟得知丸山的名字之前得出的结论一样。"

"的确。"空点点头说，"那为什么爱希的浴缸里会出现青蛙摆件，那也是偶然吗？如果是，怎么会有这样的偶然？"

"爱希小姐那宗明显是比拟杀人。但目的是让我们认为第一起也是比拟杀人。因为桃见人就说这件事。"

"什么，是我的问题？"

"对，就是你的问题。"青扑哧一声笑了，"如果发生在俳圣殿的那起杀人案是比拟杀人，那么凶手采纳了秋雨，即主题就是那场暴雨，那么作案时间理应在雨停之后。而这次特意比拟古池的句子，是为了强调第一起杀人案也是比拟杀人，这样处理之后能得到好处的人，也就是暴雨之后有完美不在场证明的人。但其实凶手从一开始就没想过用暴雨来制造不在场证明，而是用烟蒂。"

"也就是说，雨停之后没有不在场证明的佑纪、正树和猪田都不是凶手？"

"是的，而且凶手是能乔装成茅町的人。"总结完毕，青用更加冷静的语气开始她的推理。

"案发前一天，桃在酒店看到了茅町。被杀的丸山体形与其相似，所以当时并没有发现是另外一个人。而在凶手眼中，丸山与爱希小姐的背影相似到足以认错。爱希小姐身高超过一米六五，身材纤瘦，与正树先生、阳太先生、佑纪先生、西大手先生、猪田先生体形都差不多。反过来说，过于矮小的绘梨子小姐和微胖、好像双胞胎但其实没有任何关系的两名阿姨无法乔装成茅町，所以她们不是凶手。"

"那就只剩下阳太和西大手了。他们俩谁是凶手？"

"都缩小到两个人了，还不知道吗？"桃一副高高在上的态度。

"你知道吗？"哥哥这次居然反击了。

桃一时间有些怯懦。"当然了。就是……是谁呀，青？"

"请回忆一下西大手先生的证词。"青轻轻叹了口气，耐心地为二人进行说明，"西大手先生说，下雨前一分钟，他在筒井古城附近看到了黑忍者。而那个时候丸山已经被杀，爱希小姐则和桃一起在休息处。那么他看到的黑忍者，自然就是假扮成茅町的凶手，但阳太先生那个时候在上野城天守里。"

"那西大手看到的黑忍者是谁？"

"根本就不存在那么一个人。也就是说，西大手先生撒谎了……"

青的话还没说完，空就像火箭烟花般从房间里弹射了出去。

"真是的，都不听人把话说完。不让侦探把凶手名字说出来，简直惨无人道。"桃一脸不悦地重新叼起一块都醋昆布，怒视着哥哥消失的那扇门。

*

"西大手先生和佑纪先生都是有致命缺点的帅哥，这是名古屋的地方特色吗？更别说阳太先生了，他连长相都有致命缺点。"把采访素材和原稿交给广播社的社长后，桃在有些昏暗的走廊上嘟哝着。

当然只提交了第一天的内容，不包含案发当日的任何记录。社长也知道案子的事，所以默默接了过去。目前二人在广播社的地位算是保住了。只不过，社长并不知道案子是她们破的，所以地位没有任何提升。

据空说，没问几句西大手就坦白了。关于动机他没说太多，只知道他爱着佑纪。

听闻佑纪要参加活动，西大手觉得肯定另有隐情，于是就调查了一番，然后得知爱希也参加了。西大手误会这是爱希设下的圈套，他决定采取最终手段，制订了杀人计划。捏造茅町这个替身更多也是为了不让佑纪遭到怀疑。

案发当晚，西大手暗示自己看到了丸山，爱希就把他请进了房间。爱希一心认为正树是凶手,再加上之前又没见过西大手,她大概以为对方是来针对佑纪的事谈判的吧。

对西大手而言,佑纪当时被警方带走,如果爱希死了,他就有完美的不在场证明了,于是西大手决定冒险在案发当晚实施计划。在空面前认罪的时候,他脸上露出了放心的表情。

"你在东海地区诋毁名古屋不怕被孤立吗?而且严格来说,海部市离名古屋还远着呢。"青订正完细节,继续说,"佑纪先生和西大手先生都是感情专一的人,这不算什么缺点吧?反而显得很帅。"

"你明明没有这么想,嘴上却这么说,你就是爱撒谎。还有,西大手先生心里想着佑纪先生,怀里却抱着绘梨子小姐。要我说啊,他根本就是把绘梨子小姐当替身。这样哪里专一了?知道他的动机后,佑纪先生也很无语吧。"

"杀了人却得不到回报……"青盯着远方看了一会儿,"桃你也要小心哦,因为兄妹之间注定是没有结果的。"

"饶了我吧。我的确喜欢哥哥,但男朋友就算了。如果你喜欢,我愿意双手奉上。"

"可以给我吗?"青平淡地问道。

她的眼眸如无机物的水晶般,分不清她是认真的还是在开玩笑。

"给你的话没问题。在你们腻腻歪歪的时候,我就可以把名侦探的称号抢过来了。"桃摇晃着马尾,嘿嘿笑了。

半梦半醒杀人事件

0

从某种意义上来说，伊贺野高中是一所健全的高中，从来就没有什么学校七大不可思议传说之类的东西，只有一个护城河幽灵怪谈在部分学生之间流传着。

伊贺野高中建在伊贺上野城旧址南侧，后墙与护城河相接，这种情况在古城很常见。伊贺上野城的护城河的城墙高度足以与大阪城相匹敌，与高中相对的外围城墙则比较矮，续着水的内濠就像公园里的池塘，与地面相接。因此，高中并没有特意搭设围栏，只有一些沿着护城河生长的杂树。

伊贺野高中共有三栋校舍，位于北侧的特别栋一层最里面的美术室前有一小块草坪，再往前就是静静淌着的水渠。据说，护城河幽灵会在傍晚时分出现，就在从美术室看出去的内濠边上。

据说那是十七年前因三角关系恶化最终被杀的女学生的幽灵。她的头被情敌用刀砍下，扔进了水渠里，听说当时留在草坪上的书包背面，还有她为了抓住书包而留下的血手印。

关于女学生的名字，众说纷纭，有人说叫玉江，也有人说叫香苗，还有希美，等等。但无一例外都是说，一到傍晚，女学生就会为了寻找留在草坪上的书包，穿着校服出现，脖子那里还会滴滴答答地流血。因为书包里有她恋人的照片。

只是传说中没有交代任何细节，例如遇到护城河幽灵（暂时就叫她玉江吧）后会怎么样、玉江会做些什么、如何才能不遇到她、玉江到底长什么样，她是美人还是一副短命相，这些都无从知晓。也有人说玉江会用满是鲜血的手勒住遇到她的人的脖子，但动机不明，就只知道她会在傍晚出现。

即使作为虚构的故事来说，这个怪谈也略显粗糙，但在一部分学生之间依然被传得有模有样，其中很大一部分原因就是那些将校舍和护城河隔开、沿着护城河生长的杂树，即便是大白天它们也能营造出阴郁的氛围。再加上护城河里的水汽让草坪常年都潮乎乎的，更增添了几分现实感。

在伊贺野高中，美术课和音乐课、书法课并列选修课程，所以有很多学生一次都没去过美术室。美术社社员则几乎每天都会到访美术室，透过窗户眺望护城河。护城河幽灵的话题圈子也是这么定下来的。

相生初唯是美术社高一的学生，生性胆小，看恐怖电影、试胆比赛这类活动她都会极力回避，自从暑假结束后从前辈社员那里听闻了护城河幽灵的传闻，风吹杂树的沙沙响声和鲫鱼跃出水面的声音都会让她心惊胆战。不巧的是，就在不久前，她开始为文化庆上的美术社展览作画，画的主题正是从护城河畔看过去的高城墙。

她实在不好意思跟指导老师说是因为害怕幽灵，所以想申请换个主题。万幸九月白天还很长。传闻中说，幽灵会在傍晚出现，初唯决定放学后画到五点就回家。

某日，初唯坐在草坪上思考配色时不小心睡着了。

"那家伙真的很讨厌，就没什么办法吗？"

右耳边隐约传来尖锐的女人声音。好像听过这个声音，当时在半梦半醒之间，意识模糊，她想不起是谁了。

"爱宕匡司吗……"

紧接着是低沉的男人声音，似乎也在哪里听到过。

"有什么好吃惊的？都说人不可貌相，你也是容易受骗的那种人吗？都怪那家伙，大家都哭了。"

又是之前的女人声音。能感觉得出来，她说话时拼命压抑着情绪。看来二人正在讨论爱宕。爱宕是美术社高二的学生，是个温柔的学长。但他们说的绝不是什么好事。初唯在半梦半醒间也紧张了起来。

"因为真的很意外，爱宕啊。"

"可把我们害惨了。绝不能饶了那家伙。"

"莫非这是你的经验之谈？"

"随你怎么想！总之，就是不可原谅。"

"我也不会深究就是了。"

"……怎么不去死。"女人咬牙切齿地低语道。因为压低了声音，有些内容听不清。

"喂喂，你该不会真打算动手吧？虽然你的心情我能理解。"

男人的声音则与其形成对比，始终比较低沉，震动着左耳的鼓膜。

"那你倒是帮帮我啊，一个人很快就会露出马脚。"

"这倒是。既然要动手得考虑得周密一些才行。"

"你知道护城河幽灵吗？就是之前告诉你的那个。"

"那个吗？这个方法还算不赖。"

"利用护城河解决那家伙……就说是护城河幽灵干的。留下右手的血手印。那家伙很怕这个传言。"

"爱宕吗？看不出来。"

"就是说啊。那家伙胆子挺小的，只要坚持说是幽灵干的就行了。"

"可是……真的会如此顺利吗？"

男人持怀疑态度，女人有些失控了。

"只能解决那家伙啊。而且我都说到这个份儿上了，你要反悔吗？胆小鬼！"

"不要这么强势嘛。让我再想想，还有时间。"

"要下手就趁早，否则对方也会提高警惕。"

"……真拿你没办法，什么麻烦事都推给我。你打算什么时候动手？"

虽然有些地方听漏了，但内容大概就是这样。就在对话渐入佳境时，校内突然响起钟声，是五点报时。

初唯下意识睁开眼。眼前是画布和熟悉的景色。她左右看了看，在左手边看到了一男一女的背影。

两个人穿的都是夏季校服，亲密地靠在一起，由护城河畔朝着校舍后走去。那个方向有通向美术室的后门。

初唯愣愣地盯着空无一人的地方，直到钟声结束一分钟之后才终于回过神，霍地站起身。

……自己可能听到了不得了的对话。

这个时候的初唯脸色铁青，仿佛真的遇到了幽灵。

左手边打开的窗户的那一边，在美术室里画画的两个女生社员手里拿着画笔，正惊讶地看着初唯。

1

秋分之后的某个周末，两个女生来到了闷热的广播社活动室。校服要到下个月才换季，所以两个人穿的还是白色的夏季水手服。

"请问，你们就是伊贺同学和上野同学吗？"

打开白色的门，先走进来的女生用沙哑的声音有些诧异地问道。

她身高超过一米六五，身材苗条紧实，感觉很适合跳芭蕾或打篮球。巴掌大的小脸配上大眼睛和大嘴，有着与身高相符的高高在上的压迫感。

"对。我是伊贺桃，这位是上野青。人称桃青组合。百里子已经把情况告诉我们了。"

伊贺桃坐在活动室后面的折叠椅上，摇晃着马尾辫，清晰地答道。旁边的青也点头示意，白皙的脸蛋上挂着一丝不悦，大概是不喜欢某人在校内宣传什么"桃青组合"吧。

"初次见面。我是高一一班的田端怜美，她叫相生初唯，我的同班同学。"高个子的怜美将身后的初唯推到前面。

"我是相生，请多多关照。"

只到怜美肩头的娇小少女似乎比较内向，打招呼的声音很小，显得没什么自信。相较于瘦高的怜美，她属于圆脸，身材也偏圆，微微一低头，刘海就垂到了前面。就像一只小动物，容易勾起人的保护欲，而更引人注目的是她那头乌黑靓丽的及腰头发。

她们和桃一样，都是高一的学生，但和桃班级离得比较远，再加上来自不同的初中，所以是第一次见面。她们通过广播社高一的大内百里子介绍找到桃她们咨询一些事。一班的百里子和桃来自同一所初中，知道桃她们是有名的侦探组合，也知道她们在暑假前碰到了连环凶杀案，但并不知道是桃她们出色地破了那个案子，因为这可是机密。

"你们想咨询什么事？"

虽然是初次见面，但毕竟学年相同，桃的语气也比较随意。

为了抵抗西晒的阳光，桃右手拿着垫板不停扇着。老话说，热至秋分，冷至春分，但根本不适用于伊贺这个盆地地区。如今秋分已过，还是大夏天的感觉。因为没有空调那种奢侈的东西，这间朝西的活动室一到傍晚就会化身灼热地狱。低血压又怕冷的青还好，而对于身心的新陈代谢都很旺盛的桃来说，这就是每天的惩罚游戏。买冰激凌，买果汁，钱包里的零花钱都生了翅膀飞到收银台的彼岸去了。

但有人来找侦探咨询，自然不能拒之门外。

"事情是这样的……"初唯把自己在美术室外听到的对话说了出来。

"你的意思是说，可能有人要害那个叫爱宕匡司的高二男生？"

"是的。"

初唯点了点头，说话的声音都要消失在空气中了。大概内心很不安，她始终抓着怜美的水手服的下摆。

"这已经是一周前的事了吧，为什么现在才来找我们商量？"旁边的青挑起魅力十足的粗眉毛，尖锐地质问道。

"当时我刚睡醒，脑子蒙蒙的。而且第二天就感冒了，休息了两天。再加上内容那么可怕，我不敢肯定是不是真的听到了。"

"原来是这样。你觉得也可能是做梦？"

"我偶尔会做奇怪的梦。不过没做过这种，找人商量杀人什么的，只梦到过被人用镜饼攻击一类的……"

"那为什么突然想找我们商量了呢？"

桃兴奋地大叫："莫非爱宕同学被杀了吗！"

被打断的青用警告的眼神瞪着她，似乎是在说，这是值得高兴的事吗？

"如果真发生了那种事,早就在学校传得沸沸扬扬了,到时候她们就不会找我们商量,而是找警察了。"

"对、对哦。"桃羞涩地笑了笑,刚抬起屁股又再次坐回椅子上。折叠椅的钢管发出嘎吱声。

"我不会乱说。正所谓隔墙有耳,纸门外有眼。"

"广播社的活动室没有纸门哦?"

"是惯用语啦,就和大家沿用以前的说法叫木屐柜,但没有一个学生会摆木屐一样。"

听到这样的对话,怜美的眼神变得冰冷起来,似乎觉得自己找错商量对象了。

"实际上,前天……"

初唯完全顾不得了,可刚想说的话又咽了回去,像是在害怕似的捂住嘴。看样子是想起了些什么,她垂下头不说话了。

身边的怜美温柔地拍了拍她的肩膀,代替她开口道:"星期三傍晚,初唯的书包上出现了一个鲜红的手印。"

"手印!就和护城河幽灵的诅咒一样?"

"不是出现在爱宕同学的书包上,而是相生同学的?"

青看向初唯的书包,冷静地确认道。书包侧面挂着当地忍者卡通形象伊贺岚舞的人偶吊饰。

"对,是初唯的书包上。"

据怜美说,前天傍晚,初唯在外面完成当天的进度回到美术室时,其他人已经提前完成回去了,教室里一个人都没有。偶尔会有这样的情况,所以她起初也没在意,但当她拿起放在桌子上的书包时,就看到了清晰印在书包背面的鲜红的右手手印。

"我们猜测是恐吓,因为初唯听到了他们的计划。"

"想要灭口吗?"

桃的这句低语让初唯更害怕了。

"喂，桃！"青小声斥责道。

"那个手印并不像幽灵故事里说的那样，是用血印上去的吧？"

"应该不是。对吧，初唯？"

"嗯……"

吓了一跳的初唯当即拿抹布把书包上的手印擦掉了，之后把抹布扔到了垃圾桶里。

"但如果不是之前听到了那段对话，我或许真的会以为那是护城河幽灵的诅咒……"

"初唯胆子很小。"

"田端同学当时不在场？"

"嗯，我是昨天早晨才知道的。而且我和初唯不同，我是回家社的，一放学就乘电车回家了。"

怜美和初唯都住在丸山，虽然也属于市内，但坐电车需要二十分钟的车程。不过在乘电车上学的学生里已经算是近的了，还有很多学生要从隔壁市换乘，路上要花将近一个小时。桃她们骑自行车上学，途中经常看到一大群学生从车站中涌出来的场景。

"到昨天为止，关于这件事田端同学也不清楚？"

"不清楚。"怜美扭了扭细长的脖子，"也是昨天才从初唯口中得知。之前我只知道她看起来没什么精神，以为是感冒导致的。"

桃发现自己之前理解错了，忽地一下甩着马尾辫探出身子。

"你的意思是说，到昨天为止，相生同学没有向任何人提起这件事，一直自己一个人承受？"

"是的,我怕万一是个梦就麻烦了。而且我其实只是想找好朋友怜美商量一下……"

她吞吞吐吐的。在桃询问理由之前,怜美便给出了答案。

"实际上,我和爱宕同学在交往。所以她担心我会直接冲到美术社去。"

看起来怜美可能是个急性子,她也有些不好意思地将视线转向一边。

"还有一件事,虽然不知道真假,但有传言说,爱宕同学抢了别人的女朋友。"

"这样啊,那的确不太方便和他商量。"桃点了点头,一副恋爱专家的做派。

"在这之前,根据你们提供的信息,我本以为是因为相生同学和田端同学商量时被别人听到了,才遭到了恐吓。结果是完全相反吗?"

看来青也误会了,她沉默了一会儿,继续说:"相生同学,除了田端同学,你对别人说起过这件事吗?"

"除了怜美,我没有其他可以商量的对象了。"

看到她紧紧拽着怜美校服袖子的动作,大概能猜到她们之间的关系。

"那为什么会突然遭到恐吓呢……"

"我也不知道。"初唯摇了摇头。

"所以我们才来找你们商量啊。你们不是侦探吗?"怜美用沙哑的声音厉声道。

桃点了点头:"这倒也是。那么,田端同学,你对爱宕同学提起过这件事吗?"

这次轮到怜美摇头了。和战战兢兢的初唯不同,她肯定和否定时都很干脆。"我还在犹豫要不要说，初唯就遭到恐吓了。"

"的确很难开口。"青眯着眼表示同意，眼睛变得更细长了。

"我们回到最初的问题，相生同学，你能看出那两个背影是谁吗？"

"就只知道是穿着夏季校服的一对男女……当时迷迷糊糊的，抱歉。"初唯的语气中充满歉意。她缩着脖子，感觉头都快埋进去了，声音比之前还要小。

"你说，他们往你当时所处位置的左手边走了，那就是进了特别栋的后门吧？所以应该是美术社的社员吧？"同样选择了美术课的桃提出了疑问。

因为选项里没有俳句，桃无奈之下才选择了美术。青选的是音乐，对于事发地点并不熟悉，所以一脸茫然。

特别栋一层的走廊尽头是美术室。美术室后面有两道门，分别通往美术准备室和美术仓库。虽然准备室靠近护城河，但实际上后门与仓库相连。初唯就是从仓库的后门到外面去。后门的鞋柜里有室外拖鞋。

"我也这么觉得，只是……"初唯又开始吞吞吐吐了。

"怎么了？"怜美关心地看着初唯。

从她没有代初唯进行说明这点来看，其他的事她也不清楚。

"就是……"

"既然来找人商量，还是把所有话都说出来比较好，初唯。"怜美也有些不耐烦了。

"嗯……我紧接着也回到了美术室，美术室里当时只有车坂同学、伊予同学、德居同学和爱宕同学在。过了一会儿，向岛老师和片原社长从准备室里走了出来。"

嗯？不只是桃，青和怜美也扭着头面面相觑。看来怜美也不认识初唯提到的这几个人,那就是高年级的学生了。至于初唯为什么用"只有"也有些让人摸不着头脑。

初唯似乎马上察觉到了这点,赶紧补充道:"车坂同学、伊予同学和德居同学都是美术社高二的学姐。向岛老师是美术社的顾问老师,片原社长是高三的学长……"

桃掰着手指一一确认。"听你这么说……男生除了爱宕学长,只剩下社长了。"

"这个嘛……片原社长和向岛老师应该一直在准备室里。"

向岛是美术老师,桃也认识。他的年龄应该超过三十五岁,有些驼背,身材单薄,总是一副不开心的样子。

"那就只剩下爱宕同学了。这是怎么回事?"提出疑问的是怜美。

"我也不知道。"眼泪在初唯的眼眶里打转。"我也觉得很奇怪,就问他们刚刚还有没有别人在。他们说没有。"

"爱宕同学不可能和别人商量杀死自己啊。"

听到桃的分析,青吐槽道:"这还用得着你说。"

"所以我就更觉得是在做梦了。"

"原来是这样。所以当真的遭到恐吓时,就更糊涂了。"

初唯重重点了点头,长发因此垂到了前面。

"你刚才说……你站起来往美术室里看的时候,里面有两个女生,还记得是谁吗?"

"一个是车坂同学,另一个人背对着我,说不好是德居同学还是伊予同学。"

"哦,至少可以排除车坂学姐的嫌疑了。"桃夸张地抱起胳膊,做思考状。马尾辫像狗尾草似的抖来抖去。

"如果只有这些人的话,男生肯定就是社长了吧?"

"是吗……我觉得声音不太一样。"或许是因为之前一直以为是个梦,初唯的记忆比较模糊。

"现在再去问老师,他们俩当时是不是始终都在一起,他大概也不记得了。"

"对了,除了这些人,美术社还有多少社员啊?"

听到青提出的问题,初唯歪着小圆脸说:"嗯——高一的算上我一共有四个人,其中有一个男生。高二有五个人,除了爱宕同学,还有一个男生。那个学长在初中的时候就得过奖,据说他的目标是美大。高三也有五个人,除了社长,还有两个男生,两个女生。"

初唯答应晚点会把美术社的名册发过来,和桃互留了邮箱。

"再来说说前天的事吧。相生同学在外面画画的时候,知道美术室里都有谁吗?"青再次进行确认。

"不知道。"初唯当即摇了摇头。"我离开之前,包括社长和爱宕学长在内,差不多有十个人。我那天的状态不太好,画了一个多小时才完成进度。所以……啊,我想起来了,是爱宕同学从窗户把钥匙递给我的,所以他肯定是最后一个离开的。"

桃歪着头,问:"钥匙?"

"是的。美术室的钥匙。最后离开的人负责锁门,然后交到老师办公室。"

"那和我们一样。"

青的书包里现在就放着广播社活动室的钥匙。回去的时候也必须把钥匙交到老师办公室。桃经常因为忘记交而被社长和顾问老师斥责,所以渐渐地就由青来负责了。

"爱宕同学吗……不过其他人也有可能在爱宕同学离开后再折返回去吧?"怜美一脸焦急地说道。

"嗯。因为钥匙在我手上，美术室没锁门。"

"对呀。"怜美明显松了口气。

虽然不可能是爱宕干的，但毕竟是自己的男朋友，稍微有一点点嫌疑她都很敏感。

"从状况来看，大概能猜到最后一个走的人会是相生同学，所以那个人完全可以藏在某处，等爱宕同学离开。"像是为了让怜美安心，青说出了自己的推理。

但同时这也强调，凶手有着坚定的意志。听完，不只是初唯，怜美也陷入了沉默。

为了打破沉闷的气氛，桃故意用开朗的声音说："百里子都拜托我们了，桃青组合自然会鼎力相助。或许就像《红发联盟》里那样，正有个天大的计划在暗中蠢蠢欲动呢。"

二人似乎并不知道《红发联盟》，但还是表示了感谢，之后便离开了。

"这件事千万不要说出去。"

青对着她们的背影叮嘱过后，门关上了。

"好热！"在委托人面前比较收敛的桃在关门声响起的同时，不管不顾地用垫板狂扇起来。

"感觉脱衣服根本不管用，得把皮也蜕下来才行。"

"你可别在这里脱，成何体统？而且不要在人前张口'桃青组合'闭口'桃青组合'的。你还不够资格当侦探呢。"看到桃的手伸向水手服的下摆，青赶紧制止了。

"好过分！一有机会就把我比作华生，从资历来说我已经是侦探啦。话说回来，这么热，你怎么一点反应都没有？还有你那聪明的脑袋瓜，神真是太不公平了。"

"那跟你换，把我的低血压也给你？"

"那还是算了。"很现实地拒绝后,桃靠在折叠椅的靠背上,看着天花板说:"不过好奇怪啊。与其吓唬相生同学,那个人直接袭击爱宕同学不就好了?"

"你的想法一如既往地危险,不过这次你说对了。对方或许是想让她闭嘴,但反而促使这件事传到了我们的耳中。不只是我们,还有田端同学。如果对方什么都不做,相生同学应该会一直把这件事放在心里。"

"正所谓枪打出头鸟嘛。"

青四下看了看说:"你居然知道这句谚语,难得。不过很可惜,应该是画蛇添足才对。"

"可我不喜欢蛇啊。"

"那你今后别用自来水了,水龙头不是写作'蛇口'嘛。说回这起事件吧,现在已知的,就是准备需要时间,下手的时间也是提前计划好的。"和瘫在椅子上的桃不同,青始终笔挺地坐在那里。

"或许和彼岸①一样,是有固定时间的。既然连恐吓的手段都用上了,证明疑犯也是认真的,比如专门选护城河幽灵玉江被杀的那天。说起来,幽灵是夏天的季语吗?"

"不知道。桃居然会在乎季语,真是少见。不管怎么说,首先要解开消失在校舍背后的那对男女的身份,否则也没法查下去。"

"青,你最后叮嘱她们不要说出去,这件事不用告诉爱宕同学吗?都有人要杀他了。"

"这就要看田端同学自己了。就像相生同学担心的那样,爱宕同学有可能在脚踏两条船。而且如果对方会那么快下手,前天

---

①彼岸:指春分周、秋分周。以春分日、秋分日为中间日的各七天期间,亦指这期间做的佛事。

就不会做出恐吓相生同学这种举动了吧。"

"有道理。"

桃用尊敬的眼神看着青，青的表情也很愉悦。但从结果来说，桃她们的判断是错误的。因为下周一爱宕就会被杀。

2

爱宕匡司的尸体是在星期二的早晨被发现的。前一天晚上十点多他还没有回家，而且一个电话都没有，父母出于担心，联系了他的朋友和学校，可没人知道他的行踪。第二天一早，警卫在和夏天没两样的朝阳下，发现了漂在特别栋后面护城河里的爱宕的尸体。

由于现场没有路灯，还被树木和水草的阴影覆盖，前一晚接到爱宕父母联络后巡视的人并没有发现尸体。

死因是被勒死，凶手先用钝器击打了两次爱宕的后脑，趁他昏迷，从背后用布条状的东西勒住了他的脖子。肺部没有积水，所以是死后被扔进护城河的。

死亡时间是下午六点到八点之间。根据胃里的残留物判断，他是在吃晚饭前遇害的。击打头部的钝器以及布条尚未找到。后脑上的伤和脖子上的勒痕都是没有什么特征的形状。

被害人身穿夏季校服，上身是运动衫，下身是校服裤子，和当天上学时穿的一样，裤子口袋里放着美术室的钥匙。

昨晚接到爱宕家人的联系，警卫去美术室确认过，虽然没锁门，但灯都关着，也不像有人的样子，所以他们以为爱宕只是忘了锁门，人早就离开学校了。美术室的钥匙也没有挂回教职员室的钥匙板上，他们同样以为是学生忘了还就带走了。管理的确不够严格,但这种情况不只是在美术社,在其他社团偶尔也会出现。而且当时爱宕已经死亡超过两个小时了,就算发现也是无力回天。

和平时一样,美术室的钥匙是放学后片原社长向美术老师借来的。当天留到最后的是爱宕,所以把钥匙给了他。

"我有点悄悄话想和你说。"

午休时间,桃圆溜溜的大眼睛炯炯发光,她拽着哥哥伊贺空的胳膊,把他拽进了无人的广播室。空此次受命与前辈共同指挥现场,忙活了一上午,刚喘口气。前辈和身边的警官都知道内情,所以都微笑着看着这对兄妹。拜过去的战绩所赐,警方对于桃和青这对桃青组合参与案件调查的行为都是睁一只眼闭一只眼。而且既然是"悄悄话",空也只能唯唯诺诺地遵从。

学校里突发杀人案,哪里还有心思上课,学生们上午和班主任在教室里待命,中午就放学了。原本中午应该是进行校内广播的时间,此时活动室里却空无一人。

"你说有悄悄话要跟我说,到底是什么事啊?"放弃挣扎的空一屁股坐在折叠椅上。他大概也是怕热体质,伸手松了松领带。

"这个暂时保密。你先把情况说说。"

"什么,那悄悄话就是骗我的咯?"空的眼神中充满猜疑。

"亲妹妹的话都不信了?"桃鼓起双颊表示抗议,结果毫无效果。

"是真的。我们有情报,空哥。"

听到旁边的青给出肯定答案,空的表情才缓和下来。"既然小青这么说,那就是真的了。"

"什么嘛!"

桃就像没什么弹性的河豚再次鼓起脸颊,空则不予理会,开始说明情况。

"哥哥,护城河幽灵真的出现了吗?"

"护城河幽灵的事已经传开了吗……实际上,被害人的书包扣在现场的草坪上,上面有个鲜红的手印。只是没想到这个传闻还在流传啊。我们上学那会儿就已经有了,说有个什么十七年前被杀后跌落护城河的女高中生的幽灵。"

空也是伊贺野高中毕业的。

"咦,哥哥上高中的时候就已经是十七年前了吗!"桃突然怪叫。

青则冷静地补充道:"我们听到的故事也说是十七年前。"

"原来如此,一直都是十七年前吗……厉害。不过只要调查一下就知道当年究竟有没有发生过凶杀案了。"

"哥哥,书包上的手印是血手印吗?"

"不是,是红色的油画颜料,还不知道来源。但美术室里有成堆的颜料,应该就是其中的某一管吧。"

"既然是手印,那应该留有指纹吧?"

空摇了摇头。"没有。那个手印就像相扑选手的签名,糊作一团,只能看清五根手指的指腹和大拇指根部。"

"有指腹的话,那指纹……"

"没有。凶手还没傻到留下自己的指纹。不过刚刚已经查到手印的出处了。"

"知道了不早说,还在那里卖关子。"桃给了空一个大大的白眼。

空苦笑着说:"抱歉,抱歉。因为不是很重要。没想到你们这么关心那个手印。难不成,你相信护城河幽灵的传言?"

"怎么可能……"桃刚要发火,"要是真的有当然会害怕啊。

不过我们这么关心是有其他理由。"

"其他理由？"这次轮到空感兴趣了。

桃却岔开了话题。"晚点儿告诉你。先说说那个手印出处吧，是谁的？"

"美术室呀。美术室里陈列着很多雕像，其中有一座左手的铜像，在那上面发现了少量颜料，而且和书包上留下的手印大小完全一致。"

"原来如此！"桃夸张地拍了一下手，"该不会案发现场也……"

"是的，应该没错。在美术室的地板上检测出了微量被害人的血迹。虽然还没有找到，但据我们猜测，击打被害人的凶器可能也在陈列物之中。"

"也就是说凶手在美术室杀人之后，把尸体抬到护城河那里抛尸。"青确认道。

空重重点了点头。"出了美术室后门就是护城河。楼后面没人会看到，等太阳下山后弃尸很简单。"

"奇怪。护城河幽灵用的不是右手吗？相生同学也是这么说的。"

"美术室里最先看到的就是那座左手的铜像，右手的在后面。话说相生同学是谁啊？"耳尖的空捕捉到了这个关键词。

"都说晚点会告诉你啦。哥哥，最后一个目击到爱宕同学的是谁？"桃把脸贴过去，催促道。

"结合美术社所有社员提供的证词，应该是一个名叫德居奈央的女生，她和死者一样都是高二的。顾问美术老师是五点多离开的，当时还剩下五名社员。除了被害人和德居，还有高三的社长片原以及高二的车坂和伊予。"

"等一下。"

桃看到青打开笔记本，上面记着前两天拿到的美术社社员的名字，字体小而端正。桃这才放心，催促道："可以继续了。"

"不要什么都依赖小青，你自己也记笔记啊。"

"这叫适材适所。哥哥在调查的时候也不是事事亲力亲为吧？"

"你就嘴上不饶人。"空耸了耸肩，"那我继续说了。社长是在五点十分左右离开的，离开时将美术室的钥匙交给了被害人。二十分钟后，也就是五点三十分，高二的车坂和伊予离开，又过了三十分钟，即六点，德居也走了。六点以后美术室里就只剩下被害人自己，根据社员所说，被害人当时的样子很正常，和平时没什么区别。"

"最后离开的德居同学没听爱宕同学提过什么吗？例如接下来要见谁一类的。"

"她之前由于受到惊吓一直在保健室休息，刚才终于能接受问话了。她说她离开时，爱宕只说再画一会儿就回去。"

"社长亲手把钥匙交到爱宕同学手上，是因为他知道爱宕同学会最后离开吗？"青从笔记本上抬起头，看着空问。

"只是凑巧。如果被害人先离开，就会把钥匙给剩下的社员吧。一直都是这么做的。"

"哥哥，"桃摆好架势竖起食指，"你们还不知道准确的作案时间吧？可以让德居同学看一下爱宕同学画的画呀，这样不就能推测出距离二人告别过去多少时间了吗？"

"原来如此。"空拍了下膝盖，"我会试试看的，这个提议似乎很有价值。"

"对吧，对吧。"桃开心地把脸靠过去。

空却没有继续夸奖她，而是马上恢复了严肃。"我已经把已知的信息都告诉你们了……你们手上的情报是什么？也该告诉我了吧。"

"差不多了。也没什么可隐瞒的。更何况这个世界讲求的就是互惠互利嘛。"

桃嘴上这么说，而实际上接下来进行说明的是青，她将初唯她们来找自己和桃商量事情的来龙去脉都讲了一遍。

"也就是说，有人在美术室附近商量伪装成护城河幽灵的杀人计划，而嫌疑人是一男一女两个学生？"

"是的。"

桃就像从头到尾都是自己说的似的，重重点了点头。而青也没有提出异议。

"而且和被害人一起留下的四个人当时也在吗？"

"可那些人都是美术社的成员，出现在那里也无可厚非。如果相生同学所说的信息无误，根本没人符合条件。"

"的确，尤其是男生，就只有社长一个人。"

"所以，"桃用讨好的眼神看着哥哥，"想拜托哥哥调查一下相生同学说的到底是真是假。"

"好。"空当即答应，"只是，凶手真的是美术社的成员吗？"

"凶杀案真的发生了呀。而且凶手非常清楚，爱宕同学会留到最后。"

"这倒是。最近的高中生真可怕啊。"空嘟哝着。

"哥哥，你太理想化了。高中生也会杀人啊。你曾经不也是一名血气方刚的高中生吗？"

"这个我明白。但这次可不是小混混打架，而是有计划的杀人，连成年人都自叹不如啊。"

"还有……"桃正打算追加要求。

"还有别的事吗?"空一脸嫌弃。

"就是相生同学,你一定要保护好她。今早之前还是半信半疑,但眼下案子真的发生了,不知道她会不会有危险。"

"嗯。"之前大概以为妹妹会给自己出什么难题,空始终是警戒的态度,但桃说到一半的时候他就释然了。"这是自然。她现在在哪里?"

"应该把她留下来的。这个时间她大概已经坐上回家的电车了吧,她住在丸山。"

"好,我会联系她的。"空拍着胸脯表示一切交给他。不知是不是出汗太多,只发出了湿乎乎的声音。

*

"怎么样了,哥哥?"

放学后,桃再次把空拉到了活动室。最近就连专门宰客的酒吧都不会这样强行拉客了。

桃她们在午休放学后并没有一直留在活动室里。一是因为万一被老师发现肯定会挨骂,再加上那里简直就是灼热地狱,根本待不下去。二人骑着自行车去了附近的回转寿司店,享受凉爽的同时品尝了限时百元的寿司。

"又重新问过美术社的学生了,包括住在丸山的相生同学和田端同学。关于相生同学听到杀人计划那天的事,由于时间隔得比较久,起初所有人都不太记得了。因为当天没发生什么特别的事,不记得也正常。"

"起初是什么意思,后来又都想起来了?"

难得有这样的机会，桃还吃了比较有特色的迷你炸猪排寿司，结果胃胀了，此时她正揉着微微隆起的肚子精神振奋地问道。

"对，非常凑巧，当我提醒顾问老师向岛和片原社长，那天他们应该在美术准备室里谈话，二人就想起来了。因为他们只有那天在准备室里深谈过。"

"然后呢？"

桃期待地两眼放光。青的表情虽然没变，眼睛也盯着空的嘴。

"据二人回忆，他们当天针对明年美术社的发展谈了二十分钟左右，结束谈话后从准备室出来的时候，相生脸色铁青地问他们，还有没有别人在。他们还记得当时五点的钟声刚刚敲响没多久。"

"与相生同学的证词一致。"

"也就是说，"青插嘴道，"他们在事发之前聊了二十分钟之久，这证明片原社长并不是那个男生。"

"那就没人了啊。"桃噘着嘴。"哥哥，从那个地方往左手边走，除了美术室还能通往别的地方吗？"

"调查过了，答案是不能。你应该也知道，特别栋的后门刚好夹在护城河、杂树丛和图书馆的后墙中间，根本无处躲藏。特别栋外侧虽然有安全梯，能直接上二楼，但安全梯是铁制的，走在上面肯定会发出声响，想要悄无声息地上去是不可能的。而且也没必要特意在校内从草丛穿过去，毕竟当时还没有实施犯罪。而且如果真的是从草丛穿过去的，那为什么不直接从美术室过去，会让人觉得很奇怪。"

"的确很奇怪。"桃用垫板啪嗒啪嗒对着胸口扇，歪着头说。

在哥哥面前完全不用顾忌什么淑女不淑女的。空反而羞愧地皱着眉头。

青稍稍低头沉思了一会儿，突然抬起头，说："对了，桃，跟你确认一下，教美术的向岛老师是男老师吗？"

"你在说什么啊，当然是男老师啊。啊，对了，你选的是音乐，不认识向岛老师。"

"你的意思是说，商量要杀人的不是那对男女，而是在准备室里的人，只是被外面的相生听到了？"

"从位置上来说，有这种可能。但既然是男老师，那应该不是。"

连这个都能想到，桃表示佩服。

青却叹了口气，说："不符合前提就没有任何意义。向岛老师又不可能发出女人声音。"

"这不是炒菜放油盐，理所当然的吗！胡子一大把、衣服皱巴巴的大叔，声音却像女生的话，也太恶心了吧。"大概是想象了一下，桃不禁打了个哆嗦。

"喂，桃。就算真的是他，也不许这么说老师。"空的声音从未如此严厉。

"好吧。"虽然不满，但桃还是乖乖接受了哥哥的批评。

"可是这样一来，那两个人就真的凭空消失了。"嘟哝了这么一句之后，青再次陷入沉思。

桃就像是受到影响，也抱着双臂准备思考的时候，空慌忙说："你们晚点儿再思考，先等我把话说完。接下来是昨天的不在场证明……"

"也对，硬想也想不出什么。做人就要懂得割舍。青，你也快把眼睛睁开吧。"

桃抓着青的肩膀，刚想摇晃，就被青无情地推开了。"我什么时候闭眼了。动不动就闭眼打瞌睡的是你吧？"

"众所周知最爱睡懒觉的青居然说出这种话？"

"这个话题我们到此为止吧。"空强行打断，继续说，"美术社成员傍晚之前的行踪已经介绍过了，那之后的非常零散，每个人都不同，而且没人有明确的不在场证明。被害人和相生同学坐电车上下学，其他人都住在校区，徒步或骑自行车到学校，而推定的作案时间横跨两个小时，所以他们都有时间先回家一趟再回到学校来杀人。"

自从上次出了手印的事，初唯就再也没去美术社了。

"而且我们学校随时都可以进出。"

"以后还会不会这样说不好，但之前从来没出过事。对了，关于护城河幽灵我也调查了一下，从旧制中学到现在，从来没有女学生在校内遭到杀害。据我猜测，顶多只是伤害。当然，如果是内部解决的，警方那边就没有记录了。还有，我当年的班主任还在这里任教，就找他打听了一下，他说三十年前，他还是学生的时候，就有十七年前女学生被杀的传闻了。"

"永远的十七年前吗？真是无语。揭开幽灵的神秘面纱，干枯的芒穗。"桃语气中带着失落，脸上却挂着松了口气的表情。因为毕竟还有两年半的美术课要上呢。

"可为什么是十七年？啊，俳句刚好是十七个音。"

"对了，"青没有理会桃，继续说，"不是说要把爱宕同学的画拿给德居同学看吗？怎么样了？"

"啊，对哦，还是我出的好主意呢。哥哥，怎么样了？你该不会给忘了吧？"早就把这件事抛到脑后的桃瞪着空。

"当然是确认过了。德居一看到画就在床上哭得死去活来的。情绪好不容易平复下来，又被老师训了一顿。最后她还提出要把画带回去。结果闹了这么一出，什么都没查到。因为被害人这几天都在烦恼有个地方该怎么画，所以没动过笔。"

"凶手运气可真好。可是德居同学为什么这么执着于一幅没画完的画啊？"

似乎是对桃的这句话产生反应，青的表情比平时更加冷漠，她推理道："或许上面留有警方尚未发现的线索。"

"那就是说，德居同学是凶手？"

"绝对有这个可能性。当然也只是可能性而已。"青看了看桃，又看了看空，"最后和遇害的爱宕同学在一起的人是德居同学，德居同学杀人后离开是最自然的。"

"这倒是。"桃随声附和。

青加快了语速继续说："假设画中掺杂了什么……这些只是我的想象，例如，上面的红色并不是颜料，而是血，那么这幅画对德居同学来说就是危险的证据，所以她必须在血完全变色，变得显眼前将其处理掉。"

"原来如此，的确有可能。"空赞叹完打了个响指。"真不愧是小青。我们对现场的画进行了指纹采集，但还没有分析过颜料。稍后我会拿给鉴识科鉴定一下。"

"不过这只是我的推测，也可能不是这么回事。"

"就算什么都验不出来，你也无须在意。消除每一个可能性才是调查的正确方式。总比画被处理掉之后，再后悔当初怎么没检查一下上面有没有什么线索要强得多。"

空拍了一下青的后背。青苍白的脸颊泛起一抹红晕。

"哥哥，把画拿去鉴定之前，能不能先给我们看看啊？或许能发现什么哦。"

"有道理。那去美术室？画还放在那里，刚好你们还没看过现场。"

空平时都会把人赶出现场,这次居然要主动带着她们去。

"哥哥,我看你是受不了这里的闷热了吧?"桃露出洁白的牙齿,嘻嘻地笑着。

"才不是呢。"大概是被说中了,空把头扭向一边,也干笑了两声。

"好啊,我也快热死了。"

说着,桃继续用垫板扇着风从椅子上站了起来。不知是不是扇得太用力了,垫板发出咔吧咔吧的悲鸣。皮肤依然清爽的青也紧接着站起身。

3

和在走廊里负责看守的警官打过招呼,几人进入美术室。美术室里一个人都没有。警方的调查已经结束,整个房间空无一人,被寂静所包裹。与桑拿房似的广播室不同,这里就像是神社的庭院,传来丝丝凉意。不知是向来如此,还是心理作用。

入口旁边是讲台,墙边有个木质的架子,这里和其他教室没什么区别,最大的不同是没有课桌。折叠椅都折好放在旁边,地板上铺着就像是打了一半蜡的瓷砖。

及腰高度的架子里塞满了画布和写生画箱,架子上面则陈列着石膏像和铜像。

入口对面还有两扇门,分别通往准备室和仓库。入口处的门是推拉门,准备室和仓库的则是上半部分嵌着磨砂玻璃的朝里开的门。

桃每周都会来这里上课,青则是第一次进入美术室。青环顾一周,最后给出了"好阴森的教室啊"这个没礼貌的评价。

而对桃来说，杀人现场任何时候都很阴森。特别栋原本就位处学校最北边，再加上护城河就在旁边，又是一楼，光照很差。如果这是公寓，肯定最后一个才能卖出去。

北侧的窗帘有一部分被拉开了，能近距离看到浑浊的护城河与长满青苔的城墙。这陈旧的风景或许也增加了些许阴森的气氛。

第一学期桃在美术课上画了肖像画。美术社都是画油画的，而桃当天画的是水彩画，老师夸她画的有鲁奥①的神韵。第二学期开始桃就改油画静物了，现在正处于被鸡的素描所折磨的阶段。所以还没去过外面的草坪。

"是这里留有血迹吧。"青蹲在被标记的瓷砖旁。

桃也探着头看了看，地上留有极少量的红黑色飞沫。如果不是出了凶杀案，看起来就像是溅出来的颜料。

"应该是被钝器打伤时溅到这里的吧。除此之外没有其他血迹。看起来像是凶手处理得好，实际上是因为被害人根本没有抵抗的时间。"空解释道。

"被害人是从背后遭人袭击的对吧？凶器也没有留下吗？"

"关于凶器，根据美术老师提供的信息，原本放在书架上的一尊裸妇的雕像不见了。"

墙边的架子上摆放着两排雕像，就像是人气拉面店前排队的人群，十分紧凑，前排中间突兀地空出了两个位置。让人联想到排队时临时有人走开上厕所的场景。

"被扔到护城河里的可能性很高。明天开始要下去打捞了。"

从抱怨的语气里可以听出，空是打心底不想干这种活。

---

①乔治·鲁奥（1871—1958），法国野兽派、表现主义画家。

"哥哥，你可是刑警哦，再说现在又不是冬天。"

"又热又臭，很惨的。你也就嘴上这么说，要不你去试试？"

"我是侦探，那是哥哥的工作。你赶紧去干活，把情报收集回来。"

青无视桃，开口问空："还空着一个位置，是那尊左手雕像吗？"

"对，已经被我们保管起来了。"

"那右手的雕像呢？我记得你刚刚说，还有一尊右手的。"

"啊，就是这个。"

空走到架子旁，从靠近最右边的希腊美人石膏像后面取出一个有点发青的右手。那是一尊真人比例的铜像，只到手肘，就像是被砍下来的断手，而手部的造型仿佛在和别人猜拳，铆足劲儿出了一个"布"。不知道是以男人的手为原型塑造的，还是为了体现现代风，手腕和手指上的肌肉发达，凹凸不平。

"左手也是这个造型。虽然两尊放得比较远，但据说原本是同一个作品里的两只手。"

桃不禁嘟哝了一句："作为美术社，这也太随便了吧。"

"不是，向岛老师说，上周的前几天还一起摆在前排呢。"

"也就是说，上周有人把右手藏到了后面？"

说完，青似乎突然想到了什么，用手捂着嘴考虑了几秒，继续说："空哥，这只右手也请调查一下。据我猜测，上面或许残留着微量颜料。"

"我明白了……它很可能被拿来用在了相生同学的书包上。"刚刚还随意拿在手里的铜像，现在被空小心地抱在了怀里。

"以后大概不能在这里画画了。"桃说话时始终盯着米粒大小的血迹。然后往旁边跨了一步，接着说："在这里还好，要在那上面就有点……"

"这里就可以了?"

"这个特别栋又不会重建,顶多把瓷砖换了。学校那么小气,不可能把所有瓷砖都换掉,所以大概只会换那块沾了血的。而到时候就只有那块的颜色不同,就像是在时刻提醒大家,'这里就是杀人现场'。你怎么看啊,华生。"桃说完坏笑着看向空。

"你这算是在推理吗?我想问的是,旁边就没问题了吗?"

"反正是选修课,应该有好多人会申请换成音乐或者书法吧。"青插嘴道,"桃,你要不要换?"

"我已经花重金买了一整套油画工具啊,很贵的。"

"原来重点是这个吗?这倒也是,除了上课,别的时候你也用不到。"

桃不顾无奈的哥哥,话锋一转:"哥哥,爱宕同学的画在哪儿呢?"

"哦,对,对,就是这张。"

空从塞满画布的架子上抽出一张。画的是城墙和护城河,草图已经完成,开始上色了。只是开始给城墙上色后错误频出,其他部分涂得都很随意,唯有与护城河相接的部分反复涂了好几次。

"当时椅子、画架、画布都收到了角落里,灯也关着。所以警卫来看过之后才单纯地以为只是忘了锁门,是社员们回去的时候收拾好了。"

"因为我们也会在这里上课,那些东西放在那里太碍事了。"

"你的意思是说,是凶手杀完人之后收拾的?"

"大概率是的。"空同意青的说法,并开始说明,"刚刚我已经说过,被害人是先被钝器砸中后脑,然后被勒死的;还有一点没说,就是后脑的伤痕靠近头顶,并且完全没有反抗的痕迹,所以被害人应该是坐在椅子上画画的时候,被人从背后敲晕的。而且放在画布旁边的素描箱里的画具是被胡乱塞进去的。"

"这些都收拾了,为什么不顺便把门锁上?"桃把食指放在嘴唇上,提出了疑问。

"是啊。"空点点头,"就算凶手也忘了把钥匙还回去就离开了,但肯定是把门锁上更不容易被发现。"

青刚要表示同意,但用手捂着嘴考虑了几秒后说:"会不会是凶手把尸体丢进了护城河,所以没有找到钥匙?因为钥匙在死者的口袋里。"

"哦,不愧是小青,脑子转得就是快。"空毫不吝惜地夸赞青。

桃不高兴了。"这、这个我也想到啦!"

桃本想要装腔作势一下,结果另外二人理所当然地投来怀疑的目光,好像桃在说自己遇到了玉江似的。桃无法忍受这种气氛,把画布从哥哥手上抢过来,目不转睛地盯着爱宕留下的画。反复涂抹的城墙充分体现出了作画之人当时的犹豫,配色虽然偏暗,但涂得很生动,能让人感受到从水面拔地而起的魄力。

"我觉得他画得挺好的。画这么好也会烦恼啊。"桃说着把画倒了过来,但并没有什么新的发现。只是让城墙倒过来了而已。

"黑白对比模仿的好像是佐伯祐三。"青小声嘟哝了一句。

"咦,青,你这么懂画的吗?"

"并没有那么懂。我选的是音乐,从来没画过油画。但身为侦探,最低限度的知识还是必须有的。桃,你从来没学习过吧。"

"侦探还需要学这个吗?"桃不满地噘起嘴。

"因为不知道哪些知识能成为破案的提示啊。这次虽然不是,但凶手也有可能会为了制造不在场证明而修改画作。"

"可是，是谁的影响或是中途有没有修改这种专业知识，只要拍张照片到网上问一下就知道了啊，这就叫集思广益。"

"你啊，你该不会把之前发生的案子的证据发到过网上吧？"说着说着，空的表情变得严肃起来，正所谓君子豹变。

"我只是打个比方啦，还没有那么做过呢。"桃实话实说。

不只是空，青也吐槽道："'还没有'是什么意思？"

一牵扯到查案，这两个人就很合拍，简直就是电视剧里看到的那种侦探和刑警。每每这种时候桃就觉得自己是个外人，很奇怪。

"爱宕似乎对过于健全的自己感到不满。"后面的门开了，一个穿着皱巴巴衬衫的男性从里面走出来。

"向岛老师，你在啊。"桃和他打了个招呼。

这名三十多岁的教师完全不在意桃没有礼貌的语气，开口道："教职员办公室不允许吸烟。我跟负责在这里看守的警官打过招呼了，在准备室里放松一下。"他边解释边挠着乱蓬蓬的头发。

男人长相清秀，细长的眼睛，鹅蛋脸，本身底子不错，但他总是一副睡不醒的样子，胡楂儿一大把，也从来不打理发型，学生们都觉得他是个怪人。不过大家都把他的不修边幅看作艺术家的特质，所以对他的好感度并不低。还有一个原因大概是他不是班主任，基本不会离开美术室这座自己的城堡。他现在身上穿的这件黄褐色衬衫的胸口处也沾着颜料。

"这幅画是健全的？"桃歪着脑袋。

"不，原本是健全的。"向岛解释时磕磕巴巴的，上课时也是如此。"之前背景的天空没这么暗淡，是清澈的蓝天。正如这位同学所说，是之后模仿佐伯祐三风格重新上的色。不过他也只是模仿了形而已，不是伊贺同学那种自然流露。"

"我？就算你给我戴高帽我也不会加入美术社的。我的理想是成为名侦探。还是说说爱宕同学吧，他画得很好吗？"

"还行吧。"向岛回答得有些委婉。"从技术层面来说，很稳定。"

"您的意思是说，以他的水平上不了美大？"青斟酌了一下，旁敲侧击道。

"对。他本人其实也没有这个想法，和大多数社员一样，他准备考个普通的大学。"

"您说大多数，也就是说，还是有人打算上美大的，是吗？"

"高二的赤坂是有这个打算的。他在春天的绘画比赛上得了奖。"

"这样啊，果然有这么个人。"

"稍等一下。"向岛转身进了准备室，很快又出来了，手上多了一块画布。

"这就是赤坂的作品。"

构图和爱宕的一样，也是护城河与城墙。但他的画看起来已经完成了。昏暗的色彩，简朴的风格，狂野的笔触，完全没有爱宕的作品散发出来的那种小心翼翼的感觉。爱宕辛辛苦苦画的从护城河中拔地而起的城墙，在赤坂这里有种随时都会坍塌把人压死的重量感，还散发着一股阴森之气，感觉再过个几百年，城墙就会拥有感情似的。

"很像弗拉芒克[①]吧？"向岛开心的表情充分表达了他对赤坂的才华的欣赏。

"同年级里有人能画出如此有魄力的画，的确会受到影响。"

---

①莫利斯·德·弗拉芒克，法国画家。

对于青的这句发言，桃深有体会。因为正是青的出现，才让她再次燃起想要成为名侦探的决心。虽然青还没有认可她。

"爱宕同学为了画的事陷入了烦恼吗？"

"大概是吧。"向岛稍微思考了一会儿，继续说："我虽然是一名教师，但我只懂画画，实在不太擅长揣测学生的心思，所以这只是我瞎猜的……爱宕并没有打算进军绘画的世界，所以我想他不是因为画而烦恼，而是对这样的自己产生了怀疑……大概是看到处于不同世界的同窗，想要改变自己，拓展自己的可能性吧。明年就要考试了，他可能想趁这个机会重新审视自己。"

"爱宕同学原来是个心思这么重的人吗？"

"喂，这样说没礼貌。"空忍不住出声责备。

"那倒不是，他性格开朗，为人耿直，善于交际，很受女孩子欢迎。在我看来，即使保持现状也能尽情享受校园生活和人生。不过人这种生物，总是想追求得不到的东西。"

他的语气中带着些许羡慕，看来这位美术老师说的都是真的。

"所以片原社长找到我，想推荐他来担任下届社长。"

"下届社长？"青捕捉到了这个关键词。

"我觉得赤坂更合适，片原则认为，绘画能力是次要的，这个位置需要的是能够团结所有社员的人才。爱宕本人也默认赤坂会接任下任社长，所以可能需要花费很长时间去做他的工作。刚才也说了，他面对赤坂有自卑感。对了，你问我的那个日子我们就是在讨论这个。"他最后看着空补充道。

他所说的"那个日子"就是初唯在半梦半醒间听到有人计划杀人的那天。正如初唯所说，向岛和片原当时在准备室里谈话。

"你问我那个问题是什么意思啊？"向岛表情依然慵懒，眼神却变得锐利起来。

"这个……"空支支吾吾不知道怎么回答。

"毕竟发生了这种事,我明白我的学生,或者说我们的社员肯定会遭到怀疑,这也是没办法的事。更何况已经有社员遇害,我肯定会毫无保留地把自己知道的情况都告诉警方。但我实在不明白,为什么要在不知道理由的情况下,提供另外一天的不在场证明……而且不只是我,所有社员你都问了吧?"和之前不同,他的语气有些严肃。

"理由肯定会说,但不是现在。因为尚不知是否与案件有关,若是传出一些流言蜚语就不好了。还望理解。"空进行了解释,态度谦逊,但语气很坚定。

桃不禁感叹,我的哥哥真有刑警的样子啊,虽然他不喜欢下水渠。

"向岛老师是从这所学校毕业的吗?"青问道。

"对。十七年前是这里的学生。"

"十七年!"桃脱口而出。

"护城河幽灵的传言吗?真怀念啊。不过,从我上学那个时候就是十七年前了。不管到了高二还是高三,始终都是十七年前。"他眯起细长的眼睛,发出了和空一样的感叹。

"我听说爱宕的书包上有鲜红的手印,这和案子有关系吗?"向岛眯起一只眼睛,反问道。

空慎重地措辞道:"还不清楚。也有可能是想利用那个怪谈达到某些目的。美术室和准备室离护城河最近,老师有看到过那个幽灵吗?"

"没有。"向岛慢慢摇了摇头,"我已经在这里任教五年了,一次都没见过。上学那几年当然也没见过。这下要头疼了。"

"头疼?"

听到桃提出疑问，向岛叹了口气。"之前就因为那个幽灵的传言，有的人不敢入社，还有一些学生中途退社。去年还有人退社了呢。虽然比不上赤坂，但那个女生还是很有悟性的，真是可惜……至少之前还只是传言，真正害怕的学生在少数，这次出了这种事，恐怕会更严重。"他说完再次叹气。

桃只知道他上课时的样子，没想到他这么爱发牢骚。

"该不会是为了给美术社找麻烦……"

空打断向岛消极的臆测，说："请不要随意揣测，拜托了。如果老师带头议论，学生们就会盲目跟风，最后变得疑神疑鬼。"

"对不起。"

大概知道错了，向岛垂下肩膀再次走进准备室，是回去抽烟了吗？

"这位老师真爱发牢骚啊。"关门声响起后，青陈述了自己的感想。

"了解情况的时候他一直都是这个状态。印象里，对于被害人的死，他似乎并不怎么伤心。"

桃开口问："他讨厌爱宕同学吗？"

"不是，只是不感兴趣吧。当然，他并没有这么说过。"

"他在提到赤坂同学的时候非常热忱啊。莫非，他为了让赤坂同学当上社长，所以把爱宕同学给……"

"你的这番谬论完全不输向岛老师。而且社长有那么好吗？"青提出了疑问。

"我感觉广播社的社长挺有权力的。"

"是吗？我怎么觉得，他总是被你气得头顶冒烟呢？"

"当过社长考评表会更好看吧？社长或许就是为了这个。"

"先不说我们的社长，对美大来说考评表有那么重要吗？"

"不知道。"

看到桃歪着头答不出,空提议:"到外面去看看吧。"

三人走进另外一扇门,穿过仓库来到了后门。

高二才会涉及风景画,所以桃还没有来过这里。之前她并不知道怪谈的存在,所以也没兴趣。一般只有需要写生的时候才会出来,相信大部分学生都是如此。

面向西边的后门和仓库一样,都是弹簧门,门口有鞋柜,里面摆放着拖鞋。三人穿上拖鞋,来到草坪上。这片草坪没人打理,杂草长短不一,很多地方都秃了,露出下面的地皮。早先这里与西门相通,但后来在这条通路上建造了新的图书馆,就变成了一条死胡同。眼前被树丛隔开,再往前耸立着崭新的图书馆的侧墙。

"根本过不去嘛。"桃想试着从树丛中穿过去,很快就放弃了。

"不行。珍贵的脸蛋会被划伤的。名侦探的脸就是生命啊。"桃掸掉勾住自己水手服的小枝杈,边摇头边说。

出了后门往右走,绕到准备室的外墙,北边就是护城河。护城河与美术室的窗户间隔十米左右。此处地表同样被杂乱的草坪覆盖。草坪与护城河的分界线是一段矮城墙,高三十厘米左右,应该自古就是这样了。排水沟设在别的位置,所以只要不是观测史上的有名台风,水位就不会上涨到越过草坪的地方。因为水不会溢出来,所以没有设置栅栏,很容易就能把尸体推下去。

只有美术室前有草坪,东端的护城河的围墙就像一个港口,朝着校舍的方向凹进去,高达三米且茂密的杂树似乎要拦住人们的去路,根本无法前进。护城河与植物密不透风地将从美术室后门到窗户外呈L形的草坪包了起来。这是美术社的专属秘密花园。开放空间只有头顶的天空。

"天与空，青空夏空皆是天空。"桃用青他们听不到的声音吟了一句，之后坐在了她猜测是初唯当初打盹儿的地方。左右都被杂树和图书馆遮挡，再看向唯一开阔的正面，原本就很高的城墙显得更高了。水面在清风的吹拂下荡起层层涟漪，但颜色暗沉，与美不沾边。开始西斜的太阳像是为了掩盖它的缺点一样让其闪闪发光，但阳光有一半都被建筑物遮挡，变成了影子。这里唯一的优点就是静寂了吧。在这块不过十米见方的区域，会让人觉得拥有了一片只属于自己、与世隔绝的小宇宙。感觉一不小心就会变身仙人。

在这里写生，所有人都会画出同样的构图。身为美术社的社员，这是一个展现自己实力的好机会，正因为如此，爱宕才会烦恼吧。不管他怎么努力，都画不成赤坂那样。初唯画的是什么样的画呢？桃突然有了兴趣。晚点让她拿来看看吧。

"感觉到什么了吗？"青投下细长的影子。大概是起风了，她用手按着耳朵旁边的头发。

空向四周环顾了一会儿，在护城河畔独自发出了感叹："高城墙果然壮观。"

"看样子，要是玉江出现，真的是无处可逃。"

"是啊。"

"而且，玉江不是随时都能从护城河里爬出来吗？她这十七年在磨蹭什么呀。"

"是啊。"青再次面无表情地答道。

"啊，你刚刚肯定在想，我一点都不像侦探吧！"

"没有，你不一直这样吗？"

"过分！我也是侦探啊。"桃嘟哝着站起身，拍着屁股上的尘土时，突然发现一件事。

"坐在这里这么显眼,瞎子都能看到了。谁会在明知有别人在的地方商量那么可怕的计划啊,所以我觉得他们当时应该在后门那里。可相生同学为什么会看到他们的背影呢?"

*

回广播室的途中,她们刚巧看到有两个女学生走在建于明治时代的旧校舍里的莺啼地板上,就随口问了一下。一般都会从为什么这么晚了还在学校这个问题问起,原来她们是美术社的社员,正打算回家。因为发生了凶杀案,之前二人被叫去问话,此时都面带疲态。

"你们是?"

伊予结实尖声问道。就像是唱了通宵的卡拉OK,她的声音嘶哑,不知道天生如此还是今天太累了。她的眼角有些上扬,直发齐肩,平刘海不超过眉毛。

"你们是谁呢?以前没见过。"

一旁的车坂彩音歪着头。她的脸比伊予要小,有些婴儿肥,又白又尖的虎牙令人印象深刻,脸蛋轮廓比结实圆一点,及肩秀发微卷,柔软的刘海整体往右侧旁分。因为车坂胸部丰满,从正面看一下就能分清两人谁是谁,但她们俩身材很像,如果是从后面看大概很难分辨。不过仔细看发质的话,还是能分出来的吧。桃是马尾辫,青是短发,发型差别极大,很容易辨别,可这样的组合还是占少数。桃还没见过德居奈央,但既然连与其同班的初唯都分辨不出,证明背影一定也类似吧。再加上当时车坂也在美术室,结实和奈央应该更像吧。

"我叫伊贺桃,她是上野青。我哥哥是刑警,我们正在帮忙调查。"

"刑警的妹妹？饶了我吧。"结实的脸就像宿醉的人一般暗淡下来。

"帮忙？这可是凶杀案，你们在玩侦探游戏？"彩音眼神轻蔑地盯着她们。

就算她这么看着自己，也不能输。青说过，只要内心足够强大……不够强大就当不了侦探，软弱就没资格成为名侦探。而说出这些话的青不擅长交涉，她往后退了一步，藏到了桃的身后。这是为什么呢？刚认识青的时候，感觉她挺坚决的啊。现在一有事就把桃当挡箭牌，自己落个轻松。

"我们可不是单纯的玩。"

"不是玩是什么？"结实将上扬的眼角挑得更高，语气中带着烦躁。

"工作。"桃得意扬扬地挺起胸脯。桃也知道这么说欠妥，但侦探是不会胆怯的。

"你们两个高中生？"

"虽然还不够格……但就像赤坂同学以美大为目标在美术社磨炼画技一样，我们也在进行侦探修行。"

"高一的小不点还挺狂妄。"

结实瞪着这边，不知道是个性强还是好胜心强，她被桃的话刺激之后脸上反而恢复了神采，一副要吵架的架势，右脚往前迈了一步。她的书包上挂着一个叼着骨头的骷髅挂件。

"你的威吓跟我之前遇到的罪犯比起来，根本不算什么。"虽然有点害怕，桃依然不甘示弱。

"说起来……我听到过这样的传闻，说是前段时间在城堡发生了凶杀案，是广播社的女学生解决的。"像是为了缓和紧张的气氛,身边的彩音缓缓说出这句话。说话时吸血鬼似的虎牙若隐若现。

"春香也是绿中的,她说她们学校有低一届的女生在做侦探,据说是个芭蕉痴,但俳句特别烂。说的就是你们吗?"

"是……"

虽然基本都是青的功劳,但组合取得了这样的成果,桃还是感到很自豪。上周还接到了来自怜美的委托,没想到关于她们的传闻已经散得这么广了,桃感觉有些奇妙。尤其是夏天发生的那起连环凶杀案,碍于哥哥的面子她已经尽量保密了。但世上没有不透风的墙。

"你没骗我吧?"结实没有收回踏出来的脚,凶巴巴地问道。

"当然没有。"

"我们想尽快抓到凶手,能配合我们一下吗?"

"就五分钟。"

听到彩音的提议,结实也妥协了。

"谢谢。那……"

"我想先说明一下,芭蕉痴和俳句特别烂的都是她。"青从桃背后探出头,进行了修正。

"什么痴啊,什么烂啊,俳句是对内心的描绘。相信美术社的二位肯定能理解我这份热情吧?"

"好烦,少套近乎。不是要问问题吗?"

"是的。我们想了解一下爱宕同学的事。刚才向岛老师说,爱宕同学最近有点奇怪。"

"爱宕,有吗?"结实歪着头,看向彩音。

"爱宕从夏初开始气质就有点变了。"彩音似乎发觉了。

"在那之前,他是个做事非常认真的人,对社内的人都很好,很照顾我们，是很适合做班委的那类人。但他又有点想立轻浮人设，不过却完全不得要领。"

"是吗？"结实皱起她好像细线般的眉毛。

这个人好像挺迟钝的，但桃也没资格说别人。

"听说他在为画画的事烦恼。"

"你这么一说，好像是。"结实表示同意地点点头，"毕竟身边有赤坂那样的人。"

"太痛苦了呢。"二人不约而同看向对方。

"可人家赤坂是天才，要想超越他太难了。不过他不是想立轻浮人设吗？这个走向有点奇怪吧？"

"我只能想到大概是他内心的阴暗面具象化了吧。毕竟他是个非常认真的人。"

"他要是想黑化我有不错的 CD 可以借给他啊。"

"是那个动不动就让人一起死的乐队吗？"

"对，对。"结实上扬的眼角变得柔和，高兴地点了点头，"新曲的主题是'杀了你我才能活下去'。"

"二位学姐没受到赤坂同学的影响吗？"无视她们擅自展开的乐队话题，桃继续问道。

"人和人不一样。先不说技术问题，自己心中没有的东西是怎么也画不出来的。"

从结实口中听到如此认真的答案，桃有些吃惊。

"说起来，有个高一的选修美术的学生画出了有着鲁奥神韵的画。虽然什么技术都没有，却富含感性。那种东西想模仿都模仿不出来。"

听到彩音的话，结实似乎很兴奋，用拉高了一度的声音说："对，对。那是幅前途无量的画。爱宕看到摆在书架上的那幅画后,也大受打击呢。这所高中真是人才济济啊。"

"搞不好他改变的原因不是赤坂,是这位无名鲁奥呢。"

眼下这个气氛,桃实在说不出口那幅画是自己画的。青正在背后嘻嘻地笑。晚点得好好问一下,这个鲁奥到底是什么人。

"不好意思打断一下,"桃强行介入两个女生的谈话,把话题拉了回来,"美术社的社长好像觉得爱宕同学比赤坂同学更适合接任下届社长,他本人想当吗?"

"社长要处理一堆麻烦事。赤坂画得那么好,难道不应该让他专注于绘画吗?"

"你该不会以为原因是争夺社长之位吧?"

桃还没来得及回答彩音的问题,结实就先否认道:"应该不是。咱们学校又没有推荐美大的名额,要是有,那反过来还有可能。"

"你所说的反过来,是指如果遇害的是赤坂同学吗?"

"爱宕打算上普通大学,考评表对他来说还是挺重要的吧。"

"所以爱宕同学有下手的可能?"青从桃背后探出头嘟哝道。

"我说你……"

结实朝这边瞪过来,青再次躲到了桃身后。结实把刚刚收回去的脚又踏了出来。

"他最近或许有些烦恼,但爱宕是个好人。而且人都死了,怎么能乱说。"结实说话时眼角扬得更高,并踏出了第二步。铺着地板的走廊发出嘎吱声。

桃刚想维护青,说她没有乱说时,突然有人从背后用力推了她一把,脚下意识往前踏了半步。桃的直觉告诉她,青是打算拿自己当挡箭牌。

没办法了。桃心一横,一把拽起已经冲到眼前的结实的领子,学着两天前看了两个小时的电视剧里的名侦探,说出了里面的台词:"好了,好了,可惜了好看的脸蛋儿。"

"咦?"结实红了脸。

"小猫咪,生气不适合你。还是坦率一点吧。"

桃与对方脸贴脸,做出名侦探打招呼时的招牌式表情,面带微笑。下个瞬间,她就被打了。不是拳头,而是巴掌,所以准确来说,是被掌掴了。桃左脸火辣辣地疼。

本以为第二巴掌会接踵而至,桃赶紧护住右脸,没想到结实低下头扭捏起来,紧接着开始道歉:"啊,对不起。条件反射,一不小心就……"

桃脑中冒出一大堆问号,她捂着脸,说:"怪我不该突然靠过去。没事,小猫咪。"

语气介于平时的桃和电视上的名侦探之间,变得不正经起来。

结实则一副很有涵养的样子,说了声:"嗯。"

彩音也为结实态度的转变而感到惊讶,但很快又露出了意味深长的笑容。既没有向桃提出抗议,也没有质问结实,反而佯装不知地想要催促她们继续。

不知道结实是接通了哪根回路。总之,可以继续问话了。

"那么,小猫咪。你知道关于护城河幽灵玉江的事吗?"

"嗯,知道一点。不过很少有人相信,只有美术室面朝护城河,但大部分美术社社员都不相信。"

这句话令桃等人感到意外。因为根据初唯之前的描述,她们一直以为所有社员都相信这件事。

"我听说去年有人退社了。"

"那只是借口,其实是人际关系处得不好……"结实的表情突然变得阴沉。

"原来是这样啊。"也对,这种事不可能对顾问老师说实话,桃表示理解。

就在这时,桃感觉有人用手指戳自己的后背,是青。她回过头,青用口型对自己说着什么。

"上周,相生同学遭到了护城河幽灵的威胁,这件事你们知道吗?"

话音刚落,刚刚还扭扭捏捏的结实突然停止了动作。脸色铁青,就像是忘记了呼吸。

"那个……"

"你知道什么吗?小猫咪。"

"那个……"结实支支吾吾的,脸埋得更低了。

"她最擅长抢别人男朋友了……所以才触及了幽灵的逆鳞吧。"彩音有些刻薄地代替结实回答了这个问题。

"还有这回事?"

"唔、嗯。"结实也重重点了点头,看来不是在说谎。

"她抢了谁的男朋友?"

桃想继续追问,彩音强行打断她:"好了,可以了。"说着,一把抓住结实那手感变得像大理石一般的胳膊。"说好的五分钟已经过了,走吧。"

她露出虎牙,面带微笑,态度却很坚决,渐渐消失在了桃她们的视野中。

中途结实依依不舍地回头看了好几眼。最后指着这边喊道:"后面跟老年人似的嘀嘀咕咕的那个,给我小心点儿。"

"桃似乎掌握了奇怪的特技。"

莺啼地板发出嘎吱声，青站到了桃旁边。不知是不是错觉，总觉得她的表情有些发僵。

"不知道能不能活用到侦探活动中。"

"我觉得你应该加入戏剧社。"青毫无兴趣地说。

*

两人再次回到灼热的广播社。原本想趁热打铁，问问片原社长，但他早就回家了。事情往往不会一直那么顺利。大部分学生都已经离开，不只是广播社附近，整个学校都变得安静下来。当然，活动室里也空无一人。社长始终没有出现。

"最后关于相生同学那些话是真的吗？青，你怎么看？"桃吃着用来垫一下肚子的杯装炒面，问青。她的门牙上还粘着一块海苔。

青则像仓鼠一样，吸着用来补充营养的果冻饮料，十秒后，说："不知道。有可能是真的，也有可能是那些人误会了什么。"

"我也觉得她们没说谎。"

桃伸了个大大的懒腰，结果向后弯的角度太大，一次性筷子差点儿从手里掉下去。

"如果是真的，就很好理解她为什么会那么害怕了。爱宕同学的事先放一边，这可是关系到自己的事。"

"我觉得误会的可能性更大。"青单手拿着果冻，唱起了反调。

"你是这么觉得的啊。为什么？"

"如果她真的有男票，按理说不应该先找我们，而是先找男票商量吧？而她最先想到的是好朋友田端同学，在她的建议下才找到我们，对吗？从时间上来说，她完全可以先找男票商量。"

"别'男票男票'的行吗，太刻意了，听起来好恶心。"桃坐立不安地提出抗议，"有男朋友的人不是才这么说吗？你又没有。"

青眼神冷漠地看着桃，说："那我就找一个吧，为了能说'男票'。比如你哥哥一类的。"

"咦？我哥！也行吧……不过我劝你还是不要。"桃闭上嘴不说话了。

二人偶尔会表现出对对方有意思的态度，所以这有可能不是个玩笑。青和哥哥要是在一起，那他们俩就能组成福尔摩斯和华生，桃就更没有出场机会了。

"更何况他还是个讨厌下水渠的男人。"

"任何人都讨厌下水渠吧。这不是理由。"

"话是这么说……但出于使命感他就应该下。不是说案发现场是最重要的吗？可他却……"

桃正准备说一堆坏话的时候，门忽然开了，话题人物空走了进来。

"怎么了，桃？脸鼓成这样。炒面都从嘴里冒出来了。"

"不管了，你们就慢慢调情吧。"

空自然是一脸茫然，接着对青说："小青，这是怎么回事？"

"刚才我们在聊空哥好帅。"

"我可一个帅字都没说过。"

"你肯定说我坏话来着，亏我还带来了好消息。"空一脸"我都猜到了"的表情，看了看桃，又看了看青。然而他根本就猜不到。

"是什么好消息呀，哥哥。"

"从右手铜像上检测出了红色水彩颜料，虽然只有微量。"

"真的吗!"桃刚要站起来。

"但只有颜料,没有血液。应该是用来威胁那个女学生的。"

"多半是。"青看着空的眼睛,点了点头。

"被害人的画还在分析中。案发期间的有力目击证词也还没有找到。全校师生中有部分人有明确的不在场证明,但没有的学生占多数,而且也不能排除校外人员作案的可能。包括工作人员在内,放学后有很多人出入过学校。"

"要说不在场证明的话,我大概也没有。但我也没有动机。事到如今,用不在场证明去一一排查太难了。"桃伸了个大大的懒腰。

"有三个时间点与这起案子有重大关联。按时间顺序分别是:相生同学打盹儿听到有人计划犯罪的时间,在相生同学的书包上印下手印的时间,以及爱宕同学遇害的时间。目前为止,最后一个我们毫无头绪。相生同学书包上的手印是其他美术社社员离开、相生同学留在外面画画期间印下的。只要留意一下她的习惯,任何人都有机会下手。只要搞清楚社员们具体离开的时间以及先后顺序,应该能缩小范围,关键是他们可能不记得了。所以我认为,眼下以相生同学听到的那件事为中心展开思考最为妥当。"

"小青说得没错。"

听到空夸赞青,桃不高兴地开口道:"当时那两个人只能从美术室的仓库逃脱。可是,可是,当时那一男一女,男生是向岛老师、社长和爱宕同学中的某一个,女生是车坂同学、伊予同学和德居同学中的某一个吧。而向岛老师和社长在准备室里,车坂同学和另外一个人在美术室里。假设相生同学看到的女生是伊予同学或德居同学,那男生……爱宕同学和别人商量杀死爱宕同学?"

"之前不是讨论过了吗？"

"不是必须排除每一种可能性吗？啊，不过，也有可能是他想自杀，所以拜托别人帮忙？"

"听相生同学的描述，貌似不是。"

"她当时睡得迷迷糊糊的，记忆多少会有些模糊吧？运动员不是常说那样的话吗，'自己无法原谅自己'一类的。"

"说无法原谅的是那个女生，男生反而很消极。"

听到青的纠正，桃歪着头说："是吗？"她不是在装傻，是真的想不起来。

"我看记忆模糊的是桃。"说完，青用手捂着嘴，"也有可能，老师和社长当时并没有在谈话。"

"什么意思？"

"相生同学只说，当她从后门回到美术室时，那两个人从准备室里走了出来。当时也有可能只是报告什么事或打招呼，针对新社长的事进行商讨可能是另外一天的事。当有人带着假设去提问的时候，他们就误以为是那天发生的事了，或者是他们之中有人故意往那方面引导。桃，你还记得十天前的晚饭吃的什么吗？"

"十天前！是什么来着？我只记得上上周在某家店吃了咖喱和炸鸡块。"

"就在这时，如果你的妈妈也做证说那天吃了咖喱，就可信了吧？"

"这倒是。也就是说，老师和社长有一个人在撒谎？"

"衣服总不会认错，如果真的是这样，那相生同学看到的背影就是社长了。"

"那个社长吗？"桃也只见过一次，完全想不出长什么样子。

"我接下来要说的只是其中一个可能性。"青强调道，"假设，相生同学看到的背影是爱宕同学和另外一个人,也有可能是另外有人在东侧的杂树林对面商讨杀人计划。"

"杂树林对面?他们是用不仅是美术社,而且是连整个特别栋的人都能听到的特别大的声音说的吗?"

"我说了,这只是其中一个可能性。"青再次强调。"只是可能性极低。"

"话说回来,凶手为什么要伪装成是护城河幽灵干的啊?"仔细听二人对话的空提出了最根本的问题。

"杀人方法也和怪谈里的不一样,既没有直接用手掐死对方,也没有用刀,一眼就能看出是人为的。只有手印还原了怪谈里的描述,除此之外,什么伪装都没做。"

"是想表达自己特别痴情吗?"

对于桃的灵光一闪,青的眼神很冷静,说:"那不就相当于自首了吗?"

"可是,那段谈话内容就是给人这种感觉吧?说大家被爱宕同学欺骗,都哭了。再加上车坂同学她们提供的证词,美术社的社员都不太相信护城河幽灵的传言,爱宕同学却非常害怕。他肯定是心中有愧。同样的三角关系……田端同学不会有事吧?"

桃给初唯和怜美发了邮件,没有回复。男朋友被杀,怜美不回很正常,初唯则担心自己会不会是下一个受害人而担惊受怕。

"可为什么遭到恐吓的会是相生同学呢?"青突然嘟哝了一句。

"对啊!"桃早就觉得奇怪,所以特别兴奋。"都下定决心要动手了,直接杀了爱宕同学就好啦。为什么还要在行凶的几天前做这种事?要是相生同学到处说,只会把事情闹大,还会让爱宕同学提高警惕。而事实上,她真的来找我们商量了。"

"可能是凶手知道被人听到,所以慌了吧。"

"如果是，就不会等一周才下手了吧……"桃夸张地抱起胳膊。"我知道了！伊予同学她们说，相生同学抢了别人的男朋友，那个人就是爱宕同学。凶手并不知道被人偷听的事，所以打算两个人都恐吓。"桃觉得所有事情都串起来了，满面笑容地大叫着，一副豁然开朗的样子。

"真是这样吗？如果真正的目标是爱宕同学，那么早在相生同学遭到恐吓的时候，爱宕同学就知道并提高警惕了。"

桃好不容易以为案件水落石出了，结果青不停地泼冷水。

"按你刚刚的思路，知道爱宕同学和相生同学在交往的田端同学是最可疑的，但从田端同学的角度出发，她最恨的应该是相生同学，因为自己的好朋友背叛了自己。那么，相生同学看到的另外一个男生又是谁？还有一个最根本的问题，田端同学是怎么到那里去的？"

"社长啊。田端同学和社长关系亲密，所以偷偷地……"

"偷偷进里面，在那个露天的地方和别人商量杀人的事？而且如果田端同学和社长关系亲密的话，那他们俩在一起不是挺好的？"

"复仇的人是不讲理的。只是一时冲昏了头脑。"桃想要强行解释。

"什么乱七八糟的。"这些话只得到空的一声叹息作为回应，"笨人无良策啊。"

"无理要是行得通，道理就不复存了啊。"

"你们两个一起说我听不懂啊。又不是圣德太子，什么无理笨人，有理良策啊！"桃怒气冲冲地鼓起双颊瞪着二人，下一个瞬间又沉默了。然后……

"我知道了！"桃霍地从折叠椅上弹起来，发出怪叫。

【问题篇结束】

　　※ 到这里可以猜凶手了。在进入下一篇章前,先停下翻页的手,来思考一下凶手是谁如何?也可以吟上一句。

【解决篇】

4

"我知道了！我知道了！谜题解开了！"

桃再次大叫，站起来时用力过猛，后脑差点撞到墙上。不过她及时躲开了，没有像上次在酒店时那样真的撞上去。桃接着说："裤子啊，是两个洞变一个洞。"

"桃，你怎么了？"

"热傻了吗？"

二人担心地盯着桃，桃想要将二人赶开似的说："没有啦。我没有中暑，也没有得乙型脑炎。我还是那个干劲十足、活力充沛的……哎呀，我不是要说这个啦。"

桃将脸贴过去，盯着青的瞳孔，说："相生同学听到的有没有可能完全是另外一番对话？"

"另外一番对话？"青诧异地歪着头。

"对。她是靠着窗户下面的墙睡着的，对吧？而位于她右耳那边的美术室的窗户开着，据我猜测，当时位于她左耳那边的准备室的窗户也开着。美术室里是两个女生，准备室里是老师和社长两位男性。假设只有靠近窗户的人的说话声音传进了相生同学的耳中……"

"你的意思就是说，"空突然发出怪叫，"两边的话题听起来凑巧像是在说同一件事吗？你刚才不是还在抱怨，我们两个同时说话你听不清吗？怎么可能那么巧，当时的对话就成立了呢……"空觉得这太荒谬了，当即驳回。

而静静聆听的青此时也盯着桃的眼睛，右手捂嘴，然后左手慢慢放在胸口处，思考了三十秒。"和刚刚的情况不同，如果是两组人同时对话，而相生同学只能听见其中一方的声音，再加上时机凑巧的话就有可能。"

"对吧，对吧。"桃得意扬扬地欢呼着，"我厉害吧！"

"五十五分，有进步。还有，裤子应该是一个洞进去两个洞出来。"

听着那高高在上的语气，桃的喜悦之情瞬间被浇灭了一半。但评分的人是青，也只能认了。

"那么凶手就只有那个人了。"青那极富特点的粗眉毛连动都没动，平静地说出了这句话。

"什么？"这次轮到桃抬高声调了。剩下的那一半喜悦之情也一扫而空，她头上浮现一个大大的问号。

"冷静点儿，这不是你提出来的吗？"

青无奈地抬头看着桃，桃还是没有头绪。

看到青也支持桃的论点，空才决定认真听听。他用比之前更严肃的表情和声音问道："到底是怎么回事？"

"老师和社长在准备室里讨论爱宕同学的事，那把爱宕同学从相生同学听到的'对话'中摘出去之后，还剩什么？"青的语气不像是在回答空，更像是在教导桃。

"护城河幽灵吧？"桃没什么自信地把食指放在嘴唇上答道。

青报以微笑。"对。那么，实际上因为护城河幽灵遭殃的人是谁？"

"相生同学！"大概是血脉相连吧，桃和空异口同声地答完之后，互相看了对方一眼。

"也就是说，那个手印很可能不是为了恐吓相生同学不要到处乱说，而是从一开始就计划好的。"

空表情诧异地问："那，凶手是想杀了相生吗？"

"不是。"桃得意地将食指举到眼前。话说到这个份儿上，她总算明白了。"如果凶手是这个目的，星期三相生同学就已经遇害了。据我猜测，'解决那家伙'这个说法大概是在聊护城河幽灵怪谈时提到的，并不是什么杀人计划，而是利用护城河幽灵的欺负人计划，有人想用它来解决掉相生同学。肯定是高二某个女生社员的男朋友对相生同学有意思，所以那个女生怀恨在心。大概相生同学不是主动的那个，而是被动的一方。所以相生同学才没有那个意识，在被捉弄之后始终没联想到自己身上。"

"桃的想象力还是那么丰富，羡慕。"青的眼眸就像静静在深山中蓄满湛蓝色湖水的湖，看不出其中是称赞还是讽刺。

"但这次或许正中靶心。右手铜像在上周末被某人移动了位置，目的是不让我们发现铜像曾被用于恐吓相生同学。如果是同一人所为，爱宕同学那个案子里，凶手应该也会用那尊铜像印手印。"

"那，"桃故意伸出左臂，放在两人中间，"相生看到的男女背影就是爱宕和高二的伊予或德居，而听到的对话则与背影毫无关系。可即便我们猜对了，也只能推理到这里而已吧。你是怎么一下想到凶手是谁的？"

"那是因为，"青清了清嗓子，"爱宕同学是被人比拟护城河幽灵怪谈所杀。如果比拟杀人根本是相生同学听错了，而知道爱宕同学会被人以比拟的手法杀死的人，除了我们俩，就只有相生同学和田端同学了。"

"对啊！"桃下意识欢呼，这下自己没想到凶手身份的事彻底暴露了。"

就像是为了对抗青冰冷的眼神,挽回颜面,桃说出了自己的想法:"我明白了。案发当日,最后和爱宕同学一起留在美术室里的人是德居同学。为爱宕同学的死而感到悲伤,想要他留下的那张画的人也是德居同学。所以,相生同学看到的背影肯定是爱宕同学和德居同学。大概是看到相生同学在那里,于是二人折返回了美术室。总而言之,这两个人当时肯定在一起腻歪。也就是说,爱宕同学为了寻找全新的自己,脚踏两船——虽然完全没有这样的必要。而发现这一事实的田端同学被嫉妒冲昏了头脑。"

"被桃先说出来了呢。"

从青的态度中感觉不到一丝不甘。

"据我猜测,田端同学并没有发觉是相生同学听错了,她更在意爱宕同学抢了别人女朋友这件事。于是,就在昨天,她与相生同学在丸山站分手后,再次返回学校,目睹了在美术室里亲热的二人。"

"她就是那时才想到比拟杀人的,并不是有预谋的?"空还是半信半疑。

青转而看向空,说:"比拟杀人这个想法当时已经被灌输到了她脑中,如此一来,还能把罪名嫁祸给计划杀人的人。而且相生同学找到田端同学,商量杀人计划和护城河幽灵那件事时,已经是星期四了。由于当时相生同学已经遭到护城河幽灵手印的恐吓,所以从时间上来说,田端同学绝不可能是凶手。田端同学万万没想到居然是相生同学听错了,于是就利用了这个根本就不存在的杀人计划。"

"可是,如果说知道比拟杀人计划的人就是凶手,那相生同学也是有嫌疑的吧。"空心中的天平早已向田端是凶手这个说法倾斜，但以防万一，再三确认道。

"哥哥真是个大笨蛋。"

桃得意扬扬地抬头看着个子高挑的哥哥，态度傲慢地教训道："话说得这么明白，连我都懂了。如果相生同学是凶手，她肯定会用右手铜像印下手印啊。只要稍微看一眼就能找到铜像放在哪里。因为她是美术社的社员，自然知道有右手的铜像啦。"

暑假集训杀人事件 ————

I 伊贺桃

I

青是在初二的春天转到桃她们学校的。

我想成为名侦探。

当时是在上保育园还是幼儿园？总之那是一部很久以前看过的电视剧，其中有一段情节依然让桃久久不能忘怀。

案件即将告破时，所有相关人员齐聚在房间内，死者却突然出现，众人顿时乱作一团。就在这时，名侦探干净利落地卸掉伪装，表明身份，指着因看到刚刚那一幕而吓得手脚发软的人说："你就是凶手！"

太帅了！

桃当然非常清楚，那种拥有超人智慧的名侦探是杜撰出来的，是只存在于电视中的人物。可即便如此，她还是想体验一次那种感觉。算不能乔装改扮，也还是想用快刀斩乱麻的推理令所有人大吃一惊，想让路人中年刑警由衷地赞叹："不愧是××侦探啊！"

在这颗有着数十亿人口的地球上，唯有指名凶手的瞬间，全世界才会围着自己转。森罗万象，所有真理的洪流都朝着自己这个特异点奔涌而来。

这就是那段情节给桃幼小的心灵带来的直观感受。

看着画面里的名侦探得意的笑容，桃握紧汗津津的手。

我想成为名侦探……这成了桃的人生目标。

桃十岁时，比自己大好几岁的哥哥当上了警察。这是日本这个国家最接近侦探的职业了吧。但哥哥并不是因为想成为侦探才当警察的。哥哥喜欢忍者。

早些年，父亲一时嘴快，说伊贺家是忍者的后代，而哥哥在看过绝对是后人为了装门面而编写的家谱后，相信了父亲的话。

哥哥是个老实人。桃也经常被人说单纯老实，她也多少有点自觉，但跟哥哥比起来还是小巫见大巫。如果在愚人节那天对他说"从今天起，伊贺市不再属于三重县，划入奈良县了"，他大概也会相信吧，桃的哥哥空就是这么个人。

相较于推理和追查犯人，崇拜忍者的哥哥对跟踪和监视这类事务性工作更感兴趣。他的性格非常适合当权力的走狗。

桃曾告诉这种性格的哥哥，自己的梦想是当名侦探。

结果平时宠溺妹妹的他却用冷冷的声音说："别说梦话了。你要是说想当总统，我反而觉得可能性更大些。"

"名侦探什么的只存在于小说和漫画里，现实中根本就不存在。那不过是些虚无缥缈的东西。"

原本以为哥哥肯定会支持自己，十九岁的他却说出仿佛已经看透人生的中年男人才会说的"正确言论"打击自己。桃感到震惊。

"人就应该脚踏实地地活着。"

哥哥是崇拜忍者的现实主义者。这就是社会人，这就是警察吗？

自那以后，桃再也不在哥哥面前提及侦探的梦想了。

但同时桃也感觉到了，他非常适合饰演"刑警"的角色，将自己挥洒汗水收集而来的情报和盘托出，对找出凶手的名侦探盛赞"不愧是××侦探"的配角。

桃更加坚定决心，要成为名侦探。

但名侦探可不是想成为就能成为的。

如果想成为棒球或足球运动员，那么只要加入足球俱乐部或少年棒球联盟一类的地方就会有人教，如果想成为漫画家或作家也有入门书籍可供参考。想考取资格证书的话只要学习相关知识就行了，若是想当歌手或演员，谁都知道要埋头磨炼技艺。

那么成为侦探要做些什么呢？完全摸不着头脑。没人会告诉你该练习些什么才能离侦探更进一步。电视剧里的角色在登场时就已经是侦探了。学习杂志的附录里倒是有侦探的七大道具，但没说怎么才能派上用场。用放大镜对着上学路上的住家东张西望，只会迎来别人诧异的目光。

当然，桃并没有因此放弃。

她对于以名侦探的身份追求更高的目标有着很高的意识，时刻提醒自己要做一个配得上名侦探这个名号的人。用现在的话说，就是"高意识系"。

小学五年级的时候，她学着名侦探的样子，帮朋友找到了弄丢的交换笔记本。

"小桃好厉害哦。"

同学们投来赞赏的目光。但虽说是推理，实际上只是瞎猜的，即便如此，桃依然觉得自己重现了电视剧中的情景，很开心。

"因为我将来要当名侦探。"桃挺起胸脯，因为用力过猛差点儿从椅子上掉下来，接着说出了这句宣言……但辉煌一闪而逝。

升上初中后，周围的人越来越现实。那些曾经梦想当足球运动员、棒球运动员和偶像的朋友开始讨论更加实际的目标。有的想成为律师，有的想先当上糕点师，然后自己开店，难度依然很高，但都是能够实现的。

而桃的梦想依然是成为名侦探。她在哥哥面前闭口不提，在朋友面前却大谈自己的名侦探梦想。但毕竟大家都是初中生了，桃明显地感觉到周围的人渐渐开始疏远自己。虽然大家都表态说会支持，但也就是嘴上说说。桃相信大家都没有恶意，只是听到那些不切实际的话，觉得她很幼稚吧。大家反而会对那些把手里的彩票晃得啪啦作响，嘴上嚷嚷着肯定能中一亿日元的男生献上真诚的祝福。

名侦探注定是孤独的。桃决定这样想。

但她不想被人当成奇怪的人，她想要的是尊敬，而不是怜悯。所以她只好暂时将这件事埋藏在心底，待自己真的成了名侦探，再让所有人大吃一惊吧。

就这样，桃再也没在人前提起过梦想。

初二的春天，上野青转学到了绿中。

*

在黄金周刚刚结束，五月病即将在班级中蔓延的微妙时期，班主任中濑老师带着转学生出现在了桃他们面前。

"我叫上野青，从上野搬来的。"

这里就是上野啊，对方一脸严肃地做了这个好似玩笑的自我介绍。她皮肤白皙，个子不高且纤弱，是个就算背上小学生的双肩背包也完全不违和的小个子女生。

"上野同学是从东京的上野搬来的,是恩赐上野动物园那个上野,是'上野出发的夜间列车①'的那个上野。"中濑老师急忙补充道。

那个转学生似乎没听懂,面无表情。这里原来是上野市,后来合并了,变成了现在的伊贺市,所以外县的人不知道上野很正常。不过既然住在这里,用不了多久就会发现这里到处都有"上野"的字样。

"请大家多多关照。"

与小孩子似的外表相反,青的声音很沉稳。她说完行了一礼,不是快速点头,是更加文静的感觉。

和身高相符,她长着一张稚气未脱的脸,表情中却透露着成熟。很多女生到了初二就会开始忙着打扮自己,而她的脸上没有任何化妆的痕迹,从利落的短发也能看出,她不是那类女生。从她身上感受不到来自大都会的华丽,但也没有半点俗气。

桃在意的是,她为什么会从东京转学到这种小地方来。名侦探大多会住在东京,然后从东京出发到地方上展开调查。名侦探要想创业还是得到东京去,对暗自下定这样决心的桃来说,青是个自己从未遇到过的,熟知东京的人。

一下课,班上的同学就纷纷围到青身边,桃在外围听了一会儿后得知,青的父亲是医生,因工作调动搬到伊贺。她的父亲原本就是关西人。母亲在她很小的时候就离世了。

问母亲情况的女生说了句"对不起",青反过来安慰她:"别放在心上,都过去那么久了。"

一直在大城市里生活,所以反应相对成熟吗?青的反应让桃

---

① 《津轻海峡冬景色》里的歌词。

产生了并非推理，而是"人之常情"的感想。

就在这时，有人问青的兴趣是什么。

"我喜欢看推理小说，之前在学校一到休息时间就会看。"

"是吗，那你的目标是成为小说家？"另外一个女生问道。

说话的是那个喜欢漫画，曾公开表示想成为漫画家的雀斑女孩。类别虽然不同，但应该是感觉遇到了同志，她声音都变了。

青的反应并没有如她所愿，青摇摇头说："不是。我对成为小说家没兴趣。相较于写侦探故事，我更想成为侦探。所以我的目标是成为小说中那样的名侦探。"她的表情中没有一丝迟疑。

"等一下！你也想成为名侦探吗？"分开人群，桃情不自禁地大叫出声。

自那之后，桃和青就成了朝着侦探这个目标而努力的同志。桃问青是不是也想成为名侦探的时候，青当即给出了肯定答案。完全不在意他人的反应，即使有人露出了微妙的表情，她也装作没看到。或者说，她根本不关心别人怎么想。

有男生揶揄她说："你觉得自己真的能成为什么名侦探吗？"

青板着脸，用标准的日语反击："能与不能不是你决定的，而是我。"

从此再也没人用侦探这件事来取笑她了。

这项绝技是在意周围人目光的桃怎么也学不来的。有人用好奇的眼神看着青，她也不在乎，依然我行我素。看着她挺直腰板，正气凛然的样子，桃心中有不甘，也有羡慕。

青不喜欢早起，上午基本都在打瞌睡。但任何时候被老师点名，她都能对答如流，小测验的成绩也都在九十分以上。她这个人虽然不太合群，但也没人孤立或是讨厌她。真是个不可思议的少女。

青知道桃也对侦探有兴趣后,开始主动与桃攀谈。随着在教室里与青说话的机会增多,桃恢复了以往受到其他同学好奇瞩目的生活,但此时的桃似乎也不在意了。

是的,和成为名侦探这个远大的梦想比起来,那都不算事。而且一个人在那里格格不入很痛苦,两个人就不同了。自从有了青这个同志,桃就改变了想法。

就这样过去了一周,某天放学后青问桃:"这所学校里有推理研究会吗?"

"没有吧。有的话我肯定早就去看看什么样了。"

"这样啊。那伊贺同学加入过什么社团吗?"

"没有。"桃摇摇头,"去年进了烹饪社,两个月就被赶出来了。"

"两个月就被赶出来……你惹什么麻烦了吗?"

青惊讶地将脸贴近桃。她一般不会把情绪表现在脸上,看来这次是真的被吓到了。

"我按照题目把水果糖放在热腾腾的米饭上,做了一份糖果包饭,结果老师不但把我劈头盖脸地训了一顿,还把我赶了出来。我对那道菜还挺有自信的呢。"

"好吃吗?"

"不好吃。"桃再次摇摇头,"我尝了,很难吃。我是在美食动漫里看到的,想着应该能行……所以把我赶出来的那位顾问老师是正确的。"

以前有一部叫《周洛克·福尔摩斯》[①]的电视剧,里面的名侦

[①]《周洛克·福尔摩斯》是以著名厨师周富德为原型的"厨房侦探"悬疑喜剧。

探很擅长做菜，桃想要效仿，便以见习的身份入社，结果发现自己完全没有做菜的天分。仔细想来，歇洛克·福尔摩斯和马普尔小姐都是那个炸鱼薯条国的名侦探。不会做菜反而更像名侦探吧。

"我觉得重点不是味道，而是责备你偷懒吧？所以你现在是回家社的咯。"

"嗯。我又不打算对二十面相使用剪刀脚，所以对运动社没兴趣。虽然我热爱俳句，但不知道为什么这所学校里也没有俳句社。于是就变成回家社了。"

社团活动不是必修，所以三分之一的学生都是回家社的社员。不知道这个比例算多还是算少，因为不了解其他学校的情况，所以也说不好。从校方和PTA①没有任何反应来看，应该是没问题的。

过了几天，桃听说青加入了文艺社。桃知道她喜欢看书，但当问她："你不准备成为名侦探，打算当作家了？"青当即否定："怎么可能。"

桃忽然想起来，似乎转学当天就发生过这样的对话。

"伊贺同学不看推理小说吗？"

"你不觉得看书会让人心烦气躁吗？"

桃知道的名侦探都存在于电视剧和动漫里。漫画还好，可小说连插图都没有，只看文字完全感觉不到有多帅。而且看着看着就困了。

"是吗？我觉得非常有趣啊，可以锻炼逻辑思维能力，还能帮助你在面对真实案件时不会手忙脚乱。"

"原来如此……"

---

① Parent Teacher Association 的缩写，家长教师协会。

同样以名侦探为目标的青都这么说了，或许的确如此。因为从来没见过哪个名侦探爱看推理小说，所以她之前忽视了。

入不入社另说，这或许是一条通往侦探的路，最终，桃放学后也会和青一起出现在文艺社。

文艺社放学后会借教室开展活动，不知不觉，桃已经融入了。但她到现在都还没看完一本书，所以还没有正式入社。

不过，对此大家都没有意见。一是因为社员原本就少，只有十个人左右，所以没什么影响，二是因为文艺的种类繁杂，有种社员各自为一国、一城之主的感觉，所以对别人的事不会过多干涉。

喜欢推理小说的社员除了青，还有一个高三的学长，名叫高山元树，非常瘦，戴着知识分子风格的银框眼镜，发型很随意，一看就是文化社的，是那种会把自己一直关在房间里的类型。不过他脾气很好，再加上之前这里喜欢推理小说的就他自己，所以他不只是对青，对桃也很热情。

他与只是阅读推理小说的青不同，是以创作为主体活动，说将来要成为推理小说作家。等上了大学，他还打算投稿参加新人奖。当青和桃说将来的梦想是成为名侦探时，他也没有戴有色眼镜看她们，而是发自内心地鼓励二人，还提了不少建议，告诉她们作品中的名侦探会怎么说。

不只是高山，其他社员也都非常有特点，桃的梦想也显得没那么特别了，所以从某种意义上来说，待在这里似乎比待在班里更放松。

青在教室里静静地看书时，桃就会在她身边翻阅提前准备好的推理解谜书思考答案，这么做似乎也能稍微提高逻辑思维能力。在警方进入案发现场之后再制造密室啦，因为看门狗没有叫，所以是熟人作案啦一类的，桃感觉自己找到了一个练习的好方法。

不过挑战小说本身难度还是太高。毕竟桃很少能在上国语课时保持全程不睡。LINE和邮件的内容明明很容易就记住了，可一到小说里，那些文字就全变成了密码。

"就算印刷字消失了，只要有手机人类就能活下去。"桃握着拳头，极力主张道。

"那样的话俳句也随之消失啦，你不在乎吗？"

听到青的反驳，桃立即撤回前言。俳句可是瑰宝。

对于青，桃最初的感觉是遇到了拥有共同梦想的同志，是之前从未体验过的横向纽带关系。但这种关系在一个月的某个梅雨之日发生了改变。

2

"我讨厌下雨。"放学后，桃在雨伞的阴影下抬头看着雨云。

雨从早下到晚，完全没有停下来的征兆，但也不是什么倾盆大雨，就只是单调地淅淅沥沥地下着。窗外始终是同样的昏暗景色，这种状况最让人不舒服。

走在旁边的青却若无其事地说："是吗？我倒没这种感觉。"

她的皮肤很脆弱，日照好或干燥的天气反而是她的天敌，就像是两栖类动物。同时她又是绝对的室内派，所以她不是活蹦乱跳的青蛙，而是一只趴在石窟里呼呼大睡的娃娃鱼。

"你不会情绪低落吗？"

"这样的日子刚好适合深入思考，就是衣服不太容易干。"

"你居然能静下心来思考，不觉得雨声很吵吗？"

"这话从上课时呼噜声堪比游轮的你嘴里说出来，毫无说服力。"

"据我推测，雨声就是火星人给人类使用的催眠术。"

"我怎么感觉，SF更适合你？"

二人就这样边聊边走在放学路上。桃当时正在针对在解谜书上看到的《犹大之窗》这部作品中的诡计发表自己的意见。二人走过便利店，当青父亲工作的综合医院的正门进入视野时，突然发生了抢劫案。

一辆自行车从桃她们身边呼啸而过，自行车上的人抢走了走在前面的中年女性的手包。女人条件反射地想要抓住包，却被骑自行车的抢匪撞飞，女人的肩膀撞上了医院的外墙，顺势蹲了下去。

抢匪全身被黑色雨衣包裹，但他面朝倒地女性时，能看到帽子下面戴着墨镜和白色的口罩。但也只是一闪而过，他用力蹬着自行车，如脱兔般逃离。某样小东西好像从自行车的前车筐里掉落了，但被女人之前撑着、如今呈打开状态掉在地上的浅茶色雨伞遮住了。

"什、呢？"事发突然，桃说不出话来，不知道该怎么办，只是来回看着抢匪的背影和那位女性。

把包放进前车筐里的抢匪，飞快地蹬着自行车。他中途似乎想拐进医院的大门，但很快捏闸，回到了原来的路线。不知他是不是太慌张了，调反了手下的变速器，发出了齿轮没有咬合的咔嚓声。

他逃跑的方向有好几家商店，有两个行人看向这边，或许之前被雨伞遮挡了视线，没有看到案发经过，所以自行车从他们身边经过时，他们没有做出任何反应。抢匪消失在街道上的时候，打着塑料雨伞的中年护士从正门走出来，边问"你怎么了"边朝着蹲在地上的女性跑了过去。

"发生案子了。"青死死盯着抢匪消失的小径,嘟哝道。

"是啊。案子,是抢劫案。快报警吧!"

总算能发出声音的桃拿出手机时,青已经朝着被害人走去了。

只见她在护士身边蹲下,问那位被抢的女性:"你没事吧?"

"是、是的。可是,我的包。我刚取完钱。"

"这个人被抢劫了。"简单为疑惑的护士解释之后,青再次看向被害人。"为了慎重起见,还是叫救护车吧?"

"我直接带她进医院吧。"

听了护士的话,桃才想起来,她们现在就在综合医院门前。

"可是,宏他,宏他……"

中年妇人不顾会被雨淋湿,当场抱头大叫着,看起来受到了相当大的打击。不过当桃走到近处时,她已经能自己慢慢站起来了,所以桃只是先报了警。

第一次体验。

第一次目睹犯罪。这正是侦探出场的时候啊!

虽然有点对不起垂着头哭哭啼啼的中年妇人,但桃感觉自己越来越兴奋。

开始行动!桃急忙看向四周。名侦探常说"任何犯罪都会在现场留下线索"。但在这条昏暗的小巷里,留下的只有被害人和被害人的伞。

连自行车的轮胎印都没留下。就算掉落了几根毛发,也全都被这淅淅沥沥的六月雨给冲跑了。

而且抢匪当时还戴着帽子,帽子里面还有墨镜和口罩,根本看不清长相。那人用车将被害人撞飞,没有发生肢体冲突,所以大概率也不会有遗失物……说起来,当时好像有什么东西从自行车上掉了下来。桃在雨伞前面转了几圈，发现了一样与这里格格不入的东西，在满是雨水的路上闪闪发光。是老虎机的弹珠。

这里为什么会有老虎机的弹珠？

就在桃犹豫要不要捡起来的时候，青用冷静的口吻叮嘱道："别碰。现场必须保持原状。"

她是通过视线读取了桃的想法吗？这说明青也发现了那颗弹珠。

"为什么会有老虎机的弹珠？"

"可能是之前卡在自行车车筐里的，然后刚刚掉了吧。"青淡淡地回答道。

桃也看到了那一幕。她想知道，这颗弹珠到底是线索还是毫无关系的东西。

如果是名侦探的话，接下来会如何推理破案呢？桃毫无头绪地呆立在原地，此时身后传来了警笛声。

那之后的事记不太清了。

因为所有事都是第一次经历。跑到自己面前的警官出乎意料地高大，出乎意料地亲切。做笔录时说话的声音很低沉，有点吓人，但表情始终是柔和的。

原来是这么做笔录的啊。电视剧里一般都省略了。

看到的一切都是那么新鲜。但所有步骤都像是放在了传送带上，迅速推进着，最后并没有给人留下很深刻的印象。

过了一会儿，穿着西装的哥哥来接她们。他深深弯曲瘦高的身体，向年长的警官鞠躬问候，然后朝着桃走了过来。桃还是第一次看到空在职场时的样子，看起来比在家的时候要稳重得多。此时桃才想起来，今年哥哥终于当上心心念念的刑警了。

"吓坏了吧。不过你没事就好。"空说话时用力抓着桃的双肩，然后看向旁边的青。"你就是小青吗？听说你和桃是好朋友。我已经通知你父亲了，但他因为今晚值夜班回不了家，所以你今晚就到我家住吧。一个人肯定会害怕吧。"

"可以吗？"桃吃惊地反问。

"嗯，老妈已经在做晚饭了，也做了小青的那份。"哥哥对青露出了微笑。

"非常感谢，给各位添麻烦了。"青紧张地低下头，小声说着，向空鞠躬表示感谢。

"然后你们就把状况都说清楚了？了不起。"

桃和青一起洗完澡，吃了妈妈特制的手工汉堡肉饼，嘴上说着"啊，好满足"，正准备在客厅里好好放松一下的时候，哥哥说出了这句慰劳的话。

据哥哥所说，那个妇人刚在邮局取了存款，正准备去银行把钱汇给孙子。被抢的包里有五十八万日元。实际上她是遭遇了"是我是我"诈骗，看来那笔钱注定要被别人抢走，但当她得知自己的孙子没有出什么丑闻后反而很开心。抢匪曾在邮局对面的便利店里监视，因为邮局的ATM机外面是玻璃阻隔。在便利店里监视时，抢匪假装站在杂志货架前看了二十分钟的杂志，实则等待容易下手的肥羊。

"这有什么好夸的，别把人家当小孩子。我将来可是要成为名侦探的，其实是想亲手把嫌疑犯找出来的……我现在深切体会到了自己的不足。"

"桃，你怎么又说想要成为侦探这种梦话了。"

刚刚洗完澡的空穿着条纹睡衣，一只手拿着喝了一半的牛奶瓶子，吃惊地俯视着桃。

"是名侦探！哥哥，你又这么说。就不能稍微支持一下妹妹的梦想吗？"

"如果是其他的事我自然会支持。但调查罪案，对于我们这些专业的刑警来说都是非常危险的事。你一个外行，还是个女孩，不要为了兴趣掺和这种事。"

哥哥严肃的声音让桃有一瞬间的畏缩。

"总是把人家当小孩子。对，我现在的确还小，但很快就会长大啦。"

"不管多大，都是小孩子。"

哥哥也是几年前才刚参加了成人礼，就一副父亲的做派在这里训人。桃双眉紧锁，我才不需要两个爸爸呢。

"不是我一个人想啊，青也想成为名侦探。"

"你也是吗？"

面对空不礼貌的视线，始终沉默的青像小动物似的缩成一团。

"笨蛋哥哥！你这样盯着人家青看，人家会不自在啦。"

"啊，对不起，对不起。"空挠着头道歉。

青似乎安心下来，不再像刚才那样拘谨，说："没关系的，请无须介意……但当侦探绝不是什么梦话。就好比今天那个案子。"

"这是什么意思？你还发现了别的什么吗？"空问话时依然嘻嘻哈哈的。

牛奶里是掺了酒吗？好像是叫牛仔鸡尾酒？总之，他就是看不起中学生的想法吧。实际上这也是桃最初的想法。

青却一改之前胆怯的样子，正视着空说："首先，抢匪是男性，骑着黑色的赛车型城市自行车，车架位于车把到车座下方较高的位置。如果是女性，会考虑到裙子的问题，虽然不一定非得是女士自行车，但至少会选择车架更低的。"

"也有可能是偷来的啊。你的着眼点还算不错，不过……"空本想说"到底是初中生"，但还没说出口，就被硬生生打断了。

青斩钉截铁地说："自行车尾灯反光板上贴着十厘米长的养生胶带。养生胶带可以轻易撕下来。从他考虑要在犯案之后撕下胶带来看，应该是为了遮挡能让人联想到他的身份的东西。也就是说，那不是偷来的车，而是属于抢匪自己的。"

"这……"空一时语塞。

青立刻继续说："逃走的过程中，他曾经想要拐入医院正门，但很快改变了主意，最初我不明白是为什么，但很快，从里面走出来一位中年护士。由此可知——"

青正想继续往下说的时候，桃突然打断了她。

"我明白了！"桃说话的同时举起右手，连情绪都高涨起来，差点儿把面前的杯子碰倒。不能让青一个人出风头，自己也是要成为侦探的人。

"在公寓或住宅区，为了防止有些人把自行车乱停乱放，会在车尾处贴上特别编号。他用胶带是为了把号码挡上。一开始他想进入医院，但马上改变了想法，笔直地朝前跑了。现在我们知道，是因为从里面出来个护士，他觉得护士碍事。那他又是为什么要进入医院呢？"

确认哥哥在听自己说话，桃继续自己的推理。

"哥哥应该也知道吧，那所医院为了方便救护车进入，正门和后门是笔直相通的，急诊的拱门则位于中间位置。医院后门很少会有人经过，只有熟悉这一带的人才知道这条捷径。也就是说，抢匪是住在医院附近公寓的男性，因为附近没有住宅区。所以才必须用胶带把编号挡上。只要一一排查附近公寓的自行车，就能找到他了。应该没什么难度吧？"

说完，桃一脸得意地看着青。言外之意是，看我厉害吧，只凭电视剧里学来的知识和解谜书就能推理出这么多。

青低下头，说："二十五分。不过以你的水平来说，已经不错了。"说完她重新抬起头，眨着水晶般的眼睛，扑哧一声笑了。

居然用一副高高在上的态度给自己判分，而且成绩还那么低。青的冷静宣言让桃想起了小学联络簿上按下的那枚"再加把劲"的图章。

"小青，为什么只有二十五分？"空的坐姿比刚才端正了许多。

"首先，这里发生抢劫案原本就很诡异。抢匪用雨衣的帽子、墨镜和口罩，把脸遮得严严实实，就算是熟人也根本认不出来。自行车却不同，除了用养生胶带遮住了其中一部分之外，几乎是完全暴露在外。如果是大城市还好，在这种乡下地方暴露的风险太高了。更何况，他为了监视邮局，把车停放在便利店很长时间，所以很容易就会被锁定。"

"你的意思是说，抢匪不住在这附近。我也同意，只是，他为什么会如此熟悉这里的地形？"

"之所以用养生胶带遮住，并不一定是因为什么公寓编码的问题。也有可能是为了遮挡校徽，骑车上学的高中生的自行车上都会有标记。和公寓不同，就算是离这里很远的学校，也有可能会因为校徽而暴露。而熟悉这片地形的人也不一定非得住在这附近，也有可能是在那家医院里住院或是定期要去看病的人。"

"那就是说，抢匪是病人？"

听到桃的疑问，青静静摇了摇头。"关于他改变逃跑方向的理由，我想正如桃所说，是因为护士出现了。但当时那名护士还不知道发生抢劫。如果是为了避开有人的地方,那他之后逃跑的路上也有两名行人,那两个人目击到抢劫的可能性更高,可他还是选择了那边。"

"那他究竟是为什么改变了方向啊?"

"不是为了避开所有人,而是为了避开那名护士。"

"因为他们认识?哦,我知道了,例如住院的时候那名护士照顾过他。"桃感觉自己想通了,拍了拍手。

"住院也好,定期去医院也好,护士不可能连患者的自行车都认得出来吧?因此,那名护士与抢匪的关系不是医患,而是家人。看那名护士的年纪,就算有个上高中的儿子也不奇怪。而且如果是母亲工作的地方,他熟悉地形也理所当然。"

"原来如此,可以试探性地问一下。"哥哥的口吻变了,像是喝醉的表情消失了,换上了刑警该有的神情。"小青简直就像名侦探一样。"

之前对成为名侦探这个想法嗤之以鼻的哥哥毫不吝啬地夸赞了青,就像电视剧里出现的刑警搭档。

这个瞬间,桃感觉自己和青他们之间就像是隔了一道极薄的如显微镜载玻片一样的玻璃。

两天后。空告诉桃,带青来家里。

那天也是阴郁的雨天,空看到青的时候脸上却露出了明朗的笑容。

"小青的推理基本上是对的。那名护士叫诹访冬香,她有两个儿子,都在上高中,哥哥叫皋月,弟弟叫睦月,分别上高三和高一。"

"有两个儿子啊。"桃下意识感叹道,"自行车怎么样了?"

"两个人的自行车是不同品牌，都是黑色的城市自行车。不过哥哥也会骑带发动机的电动车。当然，去学校上学的时候还是骑自行车。"

"……原来是这样！我懂了！"

桃又争先恐后地举起手。前天功劳都让青抢走了，好像只有自己被排除在外。那种感觉就像是隔着电视屏幕，只有桃坐在起居室里，而观众们只看到了青和空。

在成为侦探的这条修行路上，青或许略高自己一筹。但桃不允许这样的情况持续下去，所以现在一定要表现一下。

"老虎机的弹珠！"

桃大声叫道。那天从自行车上掉落的老虎机的弹珠。这就是最后的关键。

"高三的话已经可以玩老虎机了吧。结果零花钱都输光了，所以他就去抢。"

"要是用弹珠买咖啡的确难以分辨。"

"怎么样？"桃看向青。

不知道是不是发烧了，青把手放上额头，但很快就明白她为什么这么做了。

因为青下一秒就冷冷地宣告："十分。"

分数比上次还要低得多。除了数学，桃还没考过这么低的分数呢。

接着青又甩出一句："太单纯了。"

"为什么？"

"你的直觉没错。那两个人分别叫皋月和睦月，可以看出，他们的名字是根据出生月份起的。冬香也是一样，因为她是在冬天降生。所以上高三的皋月应该已经满十八岁了，而且他还能骑带发动机的电动车，证明他有驾照。就算小钢珠店禁止高中生入内，只要把驾照拿出来给对方看，还是可以混进去的。"

"那我说得没错呀。"桃发出强烈抗议。先不说过程，既然答案对了，为什么只有十分。

"仅凭直觉是成不了侦探的。抢匪在医院正门拐弯，再次改变方向时，把变速器的排挡调反了，这件事你没发现吗？不同品牌的自行车变速器的进挡和退挡方向是不一样的。也就是说，当时他骑的那辆自行车不是自己经常骑的。掉落小钢珠的的确是哥哥的自行车，但骑车的人是弟弟睦月。应该是以防万一，借了哥哥的自行车。"

数日后，抢匪被捕。正如青推理的那样，是诹访睦月。因为是高中生，又是初犯，报纸上没有刊登详细的信息，空也不肯多说。

自那以后，就算是在家，空也经常把"小青真厉害啊"挂在嘴边。他可从来没这么夸过桃。

"小青或许真的能成为名侦探。"

哥哥漫不经心的一句话，让桃很生气，但她更多的是感觉到自己的无能。

齿轮发生了错位，现实主义的哥哥居然开始理解名侦探了，而且契机不是自己，是青的精湛推理。桃先是得了二十五分，之后又得了十分。

自己一直想成为的人，自己的理想，就在眼前。该怎么办才好呢？

梦想到底是什么？桃陷入了迷茫。

3

时间飞逝，进入暑假，文艺社的夏季集训开始了。说是集训，其实什么都不用做。不对，好像也要做些什么，只是桃没有认真听。

在顾问老师守田的带领下，众人朝着位于青山高原的集训所进发。中途他们需要换乘电车，在西青山站下车，再乘三十分钟的公交。这是一次三天两夜的避暑之旅。

公交车慢吞吞地爬上高原公路，旁边可以看见鳞次栉比的风力发电风车，抵达的时候已经过中午了。从公交车上下来，比预想的要冷一些。凉飕飕的风拨弄着水手服的领子。

青山高原自布引山地的笠取山延绵十公里，位于室生赤目青山国定公园这个名字冗长的国定公园的东侧。海拔约八百米，站在最高处可以将伊势湾一带的美景尽收眼底。这些就是集训所手册上对该地的介绍。

这里被誉为关西的轻井泽，的确比平地凉快得多。不过要是在公车上摇摇晃晃三十分钟爬上来还不凉快，那就是欺诈了。

由于车摇得厉害，身边的青原本就白皙的脸变得更白了，感觉她随时都会吐出来。马上就要变身呕吐少女，非常危险。

守田老师单手拎着运动包，在前面带路，朝着距离公交车站步行五分钟的集训所走去。

集训所是一处市运营的有些老旧的三层水泥建筑，主要用于市内初高中开展集训活动，同时这里又是避暑胜地，据说过去一到夏季，来这里避暑的游客就络绎不绝。之所以说"过去"，是因为东边越过一座山峰的地方，新建了一座气派的县立研修馆。那里设备完善，除了大型运动场和体育馆，还有露天烧烤广场和温泉。不远处还有民营泳池，可谓面面俱到。据说容量也是这里的数倍。

因此，运动社团都跑到研修馆去进行夏季集训了。

如今出现在桃她们眼前的集训所运动场，就算跟绿中的比都略显简陋。可以说来这里的人肯定会失望。但也多亏如此，弱小的文艺社才不用与其他社团竞争就得到了集训的场地。

进入正面玄关，迎面就能看到用毛笔写着"绿中学校文艺社"的牌子立在那里。庄严的字体让连不是正式社员的桃都觉得难为情。

这不禁让人生疑，这个社团有这么大的规模吗？

旁边还立着"绿中学校排球社"的牌子。

"排球社也来了。"

听到桃说出这句话，青无奈地瞪着桃，说："你不知道吗？守田老师说过了啊。让我们跟他们和睦相处。你什么都没听见呀。"

看来在面对任何事都很冷漠的青，对文艺社还是有些感情的。排球社于昨日抵达，预计会在这里住一周。

说起来，班上也有女生加入了排球社。晚点去打个招呼吧。

桃心不在焉地思考了一会儿，回过神时已经被带到了住宿的房间。

三层的集训所共有三十多个房间可供住宿，这次是两个人共用一个房间。桃和青住在二楼。澡堂在一楼，卫生间是公共的，每层都有。虽然一开始就没期待会有套间，但卫生间在房间外面实在是太麻烦了。绝不是因为怕鬼哦。

下午是作品批评会。就是由其他社员来评论某位社员写的短篇作品。参加集训的共有十人，其中六人写了短篇。每篇都提前印好发给社员们了,桃自然是没看,连带都没带来。

平时因为桃不是正式社员,所以大家都是睁一只眼闭一只眼,但既然参加了集训,就不能这么随意了,于是桃被勒令在第二天下午的批评会展开之前,必须看完三篇短篇。但因为有一名社员睡过头,没和大家一起行动,也没参加批评会,却在晚餐前厚颜无耻地出现在了食堂,于是大家的矛头统一转移到了那个人身上。

第二天吃完早饭,桃就老老实实在房间里完成自己的任务。这和想象中的避暑相去甚远,根本就是室内读书地狱。

高山学长的推理短篇比预想的还要无聊,于是桃决定到走廊上透透气,一出来就看到青站在楼梯对面的公共卫生间前。她正在和同班的排球社成员白樫多香美说话。多香美不愧是排球社的,个子很高,和矮个子的青站在一起简直就是电视剧里的松下研三和神津恭介[①]。

"原来是出于这个理由啊。"

为了和多香美对话,青就像是在仰望天空,抬着头随声附和。多香美也为了照顾青,有些驼背。

"你们在聊什么呀?"桃插话进来。

"啊,桃。你已经看完了?"

"没,刚才在看高山学长那篇《假面密室大王》,可是……因为食指比中指长,就把保龄球丢了出去,这也算推理?解谜书上那个在杀人现场爬行的鼻涕虫都比这个有趣数十倍。"

"解谜书上的那些大多是以名作为原型的二次创作,拿中学生跟历史上的伟人比太残酷了吧。还有,这种牢骚应该留在批评

[①]高木彬光笔下的人物。

会上说。高山学长也会开心地听你说的哦。"

"真的吗？"桃惊讶地看着青，"你该不会是想拿我当替罪索（Scapecord）吧？"

在昨天开展的批评会上，大家针对三篇作品进行品评，其中有一篇是以异世界幻想为题材的，其间有人说"不管再怎么反转，哪有叼着面包上学的男生啊"；也有人说"只是被卡车轧到而已，这样就死掉，那也太脆弱了吧"；还有人说"都已经初三了，怎么还有中二病啊"。更有甚者"我怎么感觉和七月开播的动画的设定基本是一样的啊"，听到这些，作者上之庄学长都要哭了。

就连坐在最后排心不在焉地看着的桃，都担心学长会不会就此受挫封笔了。大家肯定都是对刚刚抵达就开批评会这件事有意见才那么说的。毕竟原本都是打算来避暑的嘛。大概是意识到说得太过分了，结束后，社员们说了"明白你想表达什么"一类的话来补救。

青该不会是怕内疚，所以想把自己推出去当枪使吧？毕竟有前车之鉴，会疑神疑鬼也很正常。

"替罪索（Scapecord）？你是想说替罪羊（Scapegoat）吧。就因为你平时不看书，才会出现这种错误。"

"《假面密室大王》里就是这么写的啊。"桃刚刚才看完，肯定不会忘。

"经你这么一说我也想起来了。真可怜。我订正一下，因为你不看真正的作家写的书，才会像这样搞错。"

"你这句话才是最不尊重高山学长吧。原来你这么毒舌的吗……先不纠结这个。"争论下去只会没完没了，桃强行把话题拉了回来。因为她看到了一旁瞠目结舌、不知如何是好的多香美。"你们刚刚在聊什么？"

"我只是问她，排球社为什么没去研修馆，而是到这里来集训。我们这种文化社倒是无所谓，可明明那边有更好的球场。"

"还有温泉呢。所以是为什么呢？"

"因为去年有队员做了出格的事，喝了红酒。"多香美说着垂下肩膀，依然驼着背。

"红酒！"桃吃惊地复述道。

青赶忙出声责备："声音太大啦。"

"没事，没事。喝酒的人已经毕业了，这件事当时在学校里也都传开了。"

"我怎么不知道。"桃歪着头。

"大概没传到初一新生的耳朵里吧。我也没对别人说过。那几个人在夏季大赛前被强制退社了，不过还是会到学校来上课，所以只有熟人知道……因为发生过那种事，今年自然去不成研修馆了。"

"哦——所以才到这里来集训啊。惹事的都毕业了，还要连累你们。"

"就是说啊。老师说明年会再试着申请一下，希望到时候能去那边。没有温泉还是不行。"

"温泉……真好啊。我们明年也申请去研修馆吧。"

"'我们'？你首先要做的是提交入社申请书吧？"

"可我不爱看书啊。而且要是因为什么事又被开除，那我就是继烹饪社之后第二次被开除了。一次还好，两次就太丢人了。可能会反映在考评表上呢。"

"没想到你还会考虑这些，升学一类的。"青的嘴摆出Ｏ字形，发出感叹的声音。

"当然会考虑啦。因为没人会听初中学历的名侦探的推理。"

"也有初中学历最后爬上内阁总理大臣之位的人。你也可以当个有人情味、饱尝世间冷暖的侦探呀！"

"我想成为那种知性优雅的美少女侦探。不是整天说着'好，很好'①那种，是之前电视里播的那个喜欢饺子②的女侦探那种。"

"那个，我想问一下，文艺社的社员写小说一类的我还能理解，但是集训是要集训些什么啊？"多香美提出了疑问。

会提出这样的疑问很正常。因为就连桃在来这里之前也不理解。

"开批评会吧。"青当即给出了答案。

"那在学校的教室里开不是一样？"这次提问的不是多香美，是桃。大概是说出了心声吧，她的语气中带着些许怨气。

"大概是因为这里有集训所吧。"

"什么意思？"

"可以同时满足绩效目标和使用率。"

明明还是初二的学生，却要装作大人的口吻。

"原来如此。要是使用率太低或许就得关门了。"

"就是这个意思。现在的人动不动就把浪费纳税人的钱挂在嘴边。所以集训所的人心里应该很感激人数众多的排球社能来这里集训吧。"

"真的大可不必！"多香美尖声叫道，还不停地摇头。"明年我们一定要去研修馆那边好好享受温泉和露天烧烤。凭什么要为了这个不怎么样的集训所的效益牺牲我们排球社啊。"

"别这么激动嘛。又没人说明年肯定会来这里。"桃安慰多香

---

① 日本首相田中角荣的口头禅。只有小学学历。
② 《SPEC》的女主角。

美。其实她心里想的是，如果排球社来这边，那文艺社能去研修馆的概率就大了。

"说起来，今天不用练习吗？昨天你们好像一直在操场上跑步。"

"你是说昨天上午吧。今天休息。不过因为昨天是休息的前一天，所以让我们跑得比平时更久，其实一点意义都没有。"

大概肌肉还没有休息过来，多香美说话时敲着绿色短裤下露出的一小截小麦色的大腿。

"而且一半以上的人一大早已经做完自主训练了。"

"肌肉发达头脑简单"这句话在脑中一闪而过，桃自然不会说出口，她知道有些话是不能说的。

"你们穿的都是运动服，感觉干什么都很方便。"

排球队的人穿的都是圆领的白底半袖运动服，领口和袖口处有绿色线条点缀。多香美的胸口处缝着印有"2-4白樫"的名牌。

"可规定下身必须穿短裤，不许穿运动外套和运动长裤。早晨可冷了。"

"我也觉得。之前没想到会这么凉，我连外套都没带。"

桃说着看了一眼青，她穿着半袖水手服，但戴了黑色的袖套。

"我也应该带这东西来。你怎么不告诉我一声。"

"我戴它又不是为了御寒，你应该知道的，我是为了防晒。"

"今天是阴天，紫外线没那么强，借我用用吧。"

"不行，太冷的话我的动作会变得迟钝。"

"小气鬼。你是冷血动物吗？"

"你把袜子前面剪掉套在胳膊上不就行了吗？你该不会连换洗的袜子都没带吧。"

"当然带了。而且我什么时候在你眼里变得这么邋遢了？"

就在桃她们在卫生间前聊得热火朝天的时候，三楼传来了一声尖锐而短暂的悲鸣。

"怎么了？"

因为一个月前发生了那种事，桃对悲鸣变得很敏感。这次必须以未来名侦探的姿态好好表现一下。

桃第一个冲上了眼前的楼梯。三楼和二楼一样，走廊从楼梯处向东西两个方向笔直延伸，走廊两侧都有房间。走廊上没有窗户，就只有死气沉沉的朝里开的门排列在那里。和学校还不太一样，这样的格局更像是旅馆。

桃抵达三楼时，左手边（东边）的一个房间门开着。

文艺社的天然卷高山学长探出头来。他穿着立领长袖衬衫和校服裤子。高山看向桃，问："刚刚是不是有人发出了悲鸣？"

"是的。肯定是从三楼传来的。"

"里面的房间门开着。"追上来的青从身后冷静地提醒道。

东西向走廊的尽头都有一扇通往大房间的门。其他房间是朝里开的普通房门，唯独两侧走廊尽头的房间是像会议室那样的双开门。空间也比其他房间大得多，据说以前社团成员会挤在这个大房间里睡觉。现在人少，就拿来当会议室用了。

实际上，桃她们现在看着的东侧的大房间就是昨晚文艺社举办批评会的场所。

此时，双开门的其中一边朝里开着。

最先对青的话做出反应的是离得最近的高山。虽然他写的小说没什么意思，但他颇具行动力，像只黑豹般敏捷地冲了进去。但智慧型的高山学长能做的也只有这些了。下一秒就传来了仿佛刚刚结束变声期的粗犷的悲鸣。

男人的悲鸣原来这么惨的吗？毕竟电视剧里只有女人的悲鸣。心里默默感叹这个奇怪的点的同时，桃也跑了过去。

进入这个比教室要小上一圈的大房间，首先映入眼帘的就是没出息地跌坐在那里的高山。往前看，是同样瘫坐着的莲池尚子。她和多香美一样都是排球队的，所以身穿运动服，同时她也是桃的同班同学。

而动弹不得的尚子脚边，还有个穿着同款运动服的女生仰面躺在那里，就在房间北侧墙正中的白板前，只见她脖子上缠着一根黄色的绳子，舌头从嘴里伸出来，无力地耷拉在外面。

女生有一头如历史悠久的寺庙每天都会擦拭的走廊般光泽亮丽的长发，此时遮住了她的半张脸，但桃可以肯定，她见过这个人，虽然不在一个班，大概也没说过话，桃也不记得对方的名字。

她瞥了一眼那个女生的胸口处，缝在与年龄不符的、高高隆起的胸前的名牌上印着"2-1 西明寺"的字样。

4

案子！还是凶杀案！

桃刚想跑到西明寺身边，有个身影从背后超过了她，是青。

和上次一样，青先一步跑到被害人身边，蹲下叫着对方的名字。

但她很快便放弃继续呼叫，转而去摸对方手腕确认脉搏。

三十秒后，青环视着屏气凝神的桃等人，用低沉的声音宣告："死了。"

"香苗！香苗！"

青的话让之前瘫软在那里精神恍惚的尚子大叫出声。听到叫声的学生好奇地跑到大房间来看热闹,看到尸体后都陷入了恐慌。他们发出的声音就像是诱蛾灯,吸引了更多的学生。

就这样循环了四次之后,从桃她们发现尸体算起还不到五分钟,大房间门口附近已经陷入一片混乱。万幸的是,这种人传人现象仅局限于三楼,而且位于旋涡中心的青始终很冷静,她散发出的冷漠气质就像是一道神秘的屏障,没有人踏入房间一步。

对于充当这个角色的人不是自己这件事,桃有些耿耿于怀,但她还是掏出手机把这里的情况报告给了警方。

"吓坏了吧。不过没事就好。"和警官们一起出现的是穿着西装的空。

桃总觉得这个画面有点似曾相识。毕竟一个月前才刚上演过这一幕。

"伊贺的妹妹吗……"长相凶恶的年长刑警意味深长地看着桃。那眼神就像是第一次见到大熊猫。"就是协助逮捕抢匪的那个?"

"协助我们的是旁边这位上野小姐。"

听到空的纠正,中年刑警瞬间将注意力转移到了青的身上。青不习惯被人盯着看,试图躲到桃身后。

不是我……桃在心中叹息。但事实如此。

和上次不同,这次是凶杀案,而且被害人和桃还是同学,所以问话相当细致且纠缠不休。虽然没有被当作嫌疑人看待,但明显与上次只是碰巧目击案件经过的第三者不同。

从以名侦探为目标这个角度来说,这样的经历无疑增长了见闻，应该是值得开心的事，但桃还是不禁担心警方会不会怀疑自己是凶手。总之是喜忧参半。

因此，做完笔录回到房间时，桃已经是精疲力尽。虽然天色还早，但真想就这么钻进被窝里，结束这糟糕的一天。她伸出去的手碰到了《假面密室大王》的复印件，难得看了，但发生这种事，批评会必定会取消，真是白白浪费了那么多时间啊。

肚子发出了咕噜声，桃这才发觉都还没吃午饭。可眼下这个状况，还有人做午饭吗？真不安。

桃躺在床上胡思乱想，不知不觉睡着了，等再次睁眼时，青的脸贴了过来。

"醒了？"

太近了！

"我睡着了吗？"桃慌忙起身。

"从我回来之后算起差不多睡了三十分钟。"

"是吗，那我睡觉的时候你在干什么？"

"看着你的睡脸想事，想这起案子的事。"

肚子再次发出抗议。桃看了看手机，已经三点多了。"我也想当侦探。"桃嘟哝着，终于把心里话说出来了。

"那就当呀。"

说得简单，桃与青不同，经过上次的事她丧失了一些自信。这次也被案件折腾得够呛，最后还累得睡着了。

桃呼呼大睡的时候，青已经开始思考案子了。二人之间的差距显而易见，如果说这样都不会感到沮丧，那肯定是假话。

"真是少见。唯一的优点就是乐观、总之很开朗的桃居然会说出这种话。消极的名侦探可是会被讨厌的哦。没人会委托那样的人去破案，而且也不会想把自己的隐私透露给那种人吧。"

"什么叫唯一的优点啊,人家感情很细腻的好嘛……话说案子怎么样了,有进展吗?"

"还没,这个时间所有人的笔录应该都做得差不多了。"

看来没有"突然逮捕凶手"的惊喜。对于以侦探为志向的人来说,这或许是个值得高兴的消息,但杀人凶手很有可能还在这附近徘徊,再加上被杀的是同班同学,所以桃一点儿也高兴不起来。

青应该也是同样的心情,只是从她那张白皙的、像戴着能面的扑克脸上看不出任何情绪。

果然青更适合做侦探啊。

"那就先按兵不动?"

就在这时,敲门声响起,空走了进来。他手上的盘子里放着饭团。

"怎么样,还好吗?我拿午饭来了。"空一脸担心,露出了温柔的微笑。

"我好得很,话说这是哥哥捏的吗?"

"不是,是拜托食堂做的。其他学生那边也有人去送了。"

说时迟那时快,空伸手拿起最边上一块就大口吃了起来。

"不是给我们的吗?"

"这是三人份啊,没看到有六个吗?"

"这算什么解释。六个也可以是两人份啊。"

桃嘴上不依不饶,手却朝着另一边的饭团伸了过去。咸淡正合适,很好吃,里面包的是干木鱼。第二个要是鲑鱼,或是有塔塔酱拌虾仁更好。啊,不过沙拉酱鲔鱼也很难割舍啊。

"还担心你会意志消沉呢,吃了东西心情就变好了吗?真是个现实的丫头。"

无语的空伸手去拿第二个。桃用空着的那只手迅速拦住他，拿走了中间的那个。吃了一口发现，是昆布佃煮。很微妙。外面已经有调味海苔了，同样都是海藻和酱油的组合，把昆布佃煮塞在里面还有意义吗？

"青，你的那个里面包的是什么？"

"鲜虾金枪鱼。"

"什么？为什么你的那么豪华！"桃惊讶得差点儿把手里的饭团弄掉。

"骗你的，怎么可能呢。你自己的是干木鱼和昆布，以此类推就能猜到吧？只是鲑鱼而已。"

那也很让人羡慕。

"你是怎么知道我的饭团里包的是什么的？"

本以为青使用了什么侦探能力，结果她说："你咬过的那边正好对着我。一看就知道是干木鱼和昆布了。你对于身边的一切都视而不见啊。"

"原来是这样，是通过观察吗……"

自己果然不适合当什么名侦探吗？吃饱后好不容易恢复了的精神，一下子又蔫了。

"对了，多亏了小青，帮我们大忙了。"空咬了一口第二个饭团，突然感谢起青来。

观察，观察，桃看着空的手，他的第二个饭团是梅子的。

"什么意思？青做什么了？"听青之前的语气，她一直留在房间里，还没有展开侦探行动啊。

"小青帮我们监视来着。"

"当时听到悲鸣后，我们一起上了三楼，还记得吗？"青接着空的话，亲自为桃解释起来。

"你马上冲进了大房间,我因为有种不好的预感,就嘱咐白樫同学,让她留在原地,看看有没有人上下楼梯。因为当时没时间解释,所以她露出了诧异的表情,但最终还是照做了。"

"对,多亏如此,真的帮了我们大忙。"

居然懂得随机应变,私下做了这么一件事……这才是名侦探该做的事啊。桃感觉自己的心咯噔一声又沉下来一截。反观自己都做了些什么啊。自己想要成为的那种人,自己的理想,就在自己面前。真不甘心。

"具体帮到什么忙了?"桃故作镇定,转而询问哥哥。

"这里的外墙安装了安全梯,但七月初那场暴风雨过后已经用不了了。所以要想上到三楼,就只能通过中央的楼梯。根据白樫同学提供的证词,当时包括被害人在内,只有七个人用过楼梯。排球社和文艺社的学生加起来超过四十人,所以范围一下子就缩小了。"

"但同时也很遗憾,杀人凶手就在这六名学生之中。"青低声补充道。声音就像是吃下人鱼肉活了几百年,早已看破红尘的人发出来的。

"稍等一下。这只是听到悲鸣之后的动向吧?凶手也有可能提前下楼了啊。"

"目前已知死者是在今早十点三十分到被发现的十一点十五分之间遇害的,稍后经过解剖应该可以得出更加精确的时间。不过已经有人在十点三十分目击被害人从二楼上了三楼。那个人就是小青。"

"准确地说,是我和白樫同学。"

"也就是说,你和白樫同学那段时间一直在卫生间前聊天?"

"三分之二的时间你也在。所以我可以断言,从西明寺同学上三楼到被莲池同学发现，没有任何人从三楼下来过。"

"原来如此，既然你说没有，那应该就没有。嗯？"桃突然歪着小脑袋，"你刚刚说，没看到有人下楼，那就是有人上楼咯？"

"西明寺同学上去一分钟之后，高山学长也上楼了。所以高山学长也是嫌疑人之一吧。"

青说了一句可怕的话。但如果不能做到铁面无私，也当不了侦探吧。毕竟有人死了。是啊，即便家人被杀，那些伤心难过的相关人员也都必须接受警方的盘问，提供自己的不在场证明。要是顾及他们的感受，就没法展开调查了。必须切记这一点。

可现在还来得及吗？

桃感觉自己现在就像一名马拉松选手，不停追逐着前方那个变成米粒大小的背影，心中充满绝望。而且或许自己已经被那个背影落下一圈了。莫非自己也要像身边那些升上初中后就改变梦想的朋友们一样，不得不放弃自己的梦想了吗？

桃低下头，一言不发。

"你怎么了？"

青——眼前的理想，正在有些诧异地问自己。

"我没事。"桃摇了摇头。

空也担心地问："这是突然怎么了？饭团吃坏肚子了吗？"他还反应迟钝地探头过来看。

桃推开哥哥，不由得吼道："都说没事了！"

"原来是在闹别扭啊。"青冷静地道出了真相。

连这种时候也要发挥洞察力吗？

"不过，马上就发现了我话里有话，或许你也意料之外地有成为侦探的潜质。之前还想让你当我的华生呢……"

"什么意思？谁要当华生啊！"说话间，桃瞪着青，"而且你刚刚还说'意料之外'！你以为你是谁呀！"

虽然桃咬着嘴唇，但青的表情没有任何变化。不如直接说"你不行，放弃吧"，那样自己就能解脱了啊。

而青却选择故意激怒桃。

"那是因为你到目前为止就只做了睡觉这件事。我可从来没听说过什么都不做，只会睡觉的侦探。"

青这是火上浇油。果然是抖S。

"什么嘛，把别人形容成三年寝太郎①……"

"什么都不做"这句话让桃幡然醒悟。自己的确还什么都没做过，连能拿来做放弃借口的事都没做过。

"放心吧，你的梦想我会替你完成的。"

多么傲慢的台词啊，但桃也不得不承认，这句话是多么适合青。

没错，梦想或许只是个梦，也许到最后都是一个虚无缥缈的梦。但在放弃之前，必须好好确认一下，眼前的青是不是真的值得自己托付梦想的名侦探。

"不需要。我会努力做好侦探的工作，还会先你一步破案！"桃霍地站起身，用食指指着青。

青扑哧一声笑了。她从容的表情仿佛在说"反正你也赢不了我"。有点可恨。

没错，这个世界不需要两个名侦探。一个就够了。就算最终以失败收场，也要让你看看我伊贺桃的态度。

从这一刻起，青不再是同志，而是对手！

---

①手游《一血万杰》中的人物。

II 上野青

1

世界由透明齿轮的透明塑料构成。

母亲离世，父亲值夜班的日子青就只能自己一个人吃饭，从小学起就是如此。所以刚上小学四年级，青就已经可以独自做出基本菜式了。

火太危险了，家里人不让用，也不许用电磁炉。一个人的时候不能用菜刀。班上的女生大多如此，但青没有受到任何限制。最初爸爸也提醒过，但当看到青娴熟的手法后，他就不再说什么了。

而且如果青不做，上野家的饮食习惯将彻底沦陷。下夜班的爸爸的饮食很单一。青之所以会主动下厨房，也是因为厌烦了每天都吃外送比萨和便利店便当的日子。

同时青有自信，由自己来做会做得比较好。万事都是如此。不只是做菜，在音乐课上演奏口风琴，班级里分配任务让她做天象仪，只要稍微努力一下就能做好。学习也是一样，临时抱一晚佛脚就能考到不错的分数。

由于天生体弱多病，所以不擅长运动，除此之外她从未感到过自卑。班上有几个同学的成绩比青要好，但青有自信，只要自己认真听讲，踏踏实实地预习、复习，随时都能超越他们。现在

"只要想做就能做好"这句话在人们心中已经不再是魔法，而是啃老族的口号。但对青来说，未必是过于自信。

不过青并不觉得自己有什么隐藏的才能。做菜也好，乐器也好，学习也好，只要理清步骤，理解方法，自然就会越做越好。即便是自己不擅长的运动，单论技巧的话她也比别人完成得好。想走捷径只会害了自己。重要的不是特殊的才能，而是理解。

如果说她有什么才能的话，大概就是理解事物的才能吧。

那些无论是在学习上还是兴趣上，马上就嚷嚷着做不到的同学在青眼里就是笨蛋。是还没有去理解就满肚子牢骚的小屁孩。

青冷漠的眼神自然被同学，尤其是女生敏感地察觉到了。虽然其他同学没有欺负她，语气也还算和善，但总透露着股冷漠，就这样远远地牵制着青。除了幼儿园就认识，关系相对较好的饴屋茜音，所有人都开始和她保持距离。

当然，班里的人际关系并非单向箭头。三十个人的班级就有三十份人际关系图。男生还算单纯，女生却已经开始戴起了面具做人。总之很复杂。彼此嫉妒，相互拆台，是一个爱、死亡、憎恨搅成一锅粥的混乱班级。

虽然没有受到什么实质性的伤害，但在发觉大家混沌的关系后，青精神上的确很疲惫。

于是小学三年级的时候，青邂逅了推理小说，契机是学校图书室里的《福尔摩斯探案集》。用敏锐的智慧揭露杀人犯的阴谋，通过逻辑推理让真相大白于天下，揪出神秘的现象、隐藏的恶意并加以理解的名侦探的形象跃然纸上。

是的，通过智慧，通过逻辑，是可以理解世界的。

自那之后，青便全身心投入到推理小说的世界中。每天放学后不是和同学玩,而是回家或去图书室看书。原本她就是害怕阳光,喜欢待在室内的体质,闷在屋里一点也不觉得痛苦。休息时间她会在教室的一角观察班上的同学。把这些人看作观察对象后,青对这个曾经在自己心里就是由一群笨蛋组成、象征混乱的班级也有了更多的认识。她渐渐看清了隐藏在关系图上的箭头和一些出乎意料的理由。

四年级的时候发生了一件小事。青放在抽屉里的纸上被人写上了坏话,文字则是用尺子画出来的直线组成的。内容都是嘲笑、辱骂在班级里被孤立的青,还写着"不要再来学校了"。这么幼稚的东西自然不会影响到青,她只是觉得针对自己的这份恶意有些麻烦。其实青已经知道真相了。

用尺子和圆珠笔画下的直线不够平滑,好几处都像卡住似的留下了一个个疙瘩。把裁纸刀贴着尺子刻东西的话,就会在尺子上留下刻痕。再用有缺口的尺子画线,画到刻痕的位置就会卡住,留下小小的坑。青会用有刻度的那面画线,用背面比着刻东西,所以没留下刻痕,但很多小孩都只用一面,尺子刻度都缺失了。而茜音尺子上的缺口和纸上文字中疙瘩的间隔一致。

青把那张纸放到了茜音的桌子上。而茜音什么都没说。

在关系图外,以观察者的身份去理解这个班级,这件事渐渐变得有趣起来。曾经有个女生对经常后退一步、不与团体保持同步的青说"上野同学真固执"。而固执与否与视野的宽窄是成正比的。谁的视野比较窄显而易见。她们大概是想通过给别人贴上不好的标签来抬高自己吧。青自然不会理会这种廉价的挑衅,继续冷静地观察。

或许自己很适合解剖世界进而理解它……

信奉只要想做就能做到的青开始将成为名侦探作为自己的

目标。

初二的春天,在黄金周结束这个不上不下的时期,因父亲工作调动,他们一家决定从东京搬到三重的伊贺市。

说到伊贺,青只能联想到忍者,不知道那里住着怎样的野猴子。毕竟对人有效的洞察力可没法套用到猴子身上。

但百闻不如一见。相较于信息来源过多的城市里的孩子,绿中的同学要朴素得多,而且理所当然的,大家都是人类。青这个时候刚好也厌烦了总是观察同一种类型的人,来到这里就像是改变了发色,一切都是那么新鲜。观察对象的范围越广,就越能积累经验。虽然不能去神田逛中古书店有点遗憾,只能网网购来弥补了。

而且这两年青始终被某种饥饿感侵袭着。她也不知道理由,不知道究竟是缺少了什么,完全搞不懂,云里雾里。那种感觉就像是不管喝多少水喉咙依然干渴一样,总之就是非常饥饿。无法将自己纳入观察对象是侦探的悲哀,始终找不到原因,导致青很是烦闷。

莫非这种饥饿感是成为侦探途中的必经之路,只要真的当上侦探就会消除?青怀着期待得出了这样的结论。

总之,改变环境或许能帮助自己找到原因和应对方法。青反而将这次转学异乡当作一次好机会。

"我喜欢看推理小说,一到休息时间就会看,班上的同学说那干脆当侦探好了。"

大家跟不合群的自己合不来也正常,所以提前把自己观察者的立场明确说出来比较好。

原本是出于这个目的说的话,却得到一个同学出乎意料的反应。

"你也想成为名侦探？"

一个看起来人缘很好的女生露出洁白的门牙，满面笑容地问道。

那不是常看到的完全出于兴趣的眼神，而是充满善意的，简直就像是找到了同志。

这个女孩也想成为侦探吧。青马上察觉到了。

她叫伊贺桃，从姓氏就可以看出，她应该是伊贺忍者的后代。

还有人和自己一样，也想成为侦探。

也就是说，她们将会争夺这个带有特权性质的地位，互相观察。自己世界里的要素会被人剖析。如果对手比自己高明，自己就会沦为他人眼中的观察对象。

到底该不该高兴呢？青犹豫了，总之，先见识一下对方的本事吧。

结果……

桃想要成为侦探的决心的确在青之上，但相关的能力可以说几乎为零。和自己期待的完全不同，青感到空欢喜一场。原本因对手出现而紧绷起来的那根弦一下松懈了。

桃不看小说，只看电视剧和漫画，只是被侦探的外表和在舞台上大展身手的样子吸引，最关键的逻辑推理对她来说却是其次。看推理解谜书时给出的推理也是全凭直觉，都离题了。根据永远是"那家伙很可疑"，完全没有逻辑性。而且她说她热爱芭蕉和俳句，可从来没见她作过。这大概就是她的做事风格吧。就算不做，但如果做就肯定能做到的过分自信型。

有次上体育课时，班上同学的手帕丢了。丢手帕的女生经常被大家夸可爱，名为思春期的添加物使得人们开始往不好的方向臆测，上午课程刚结束，便断然决定检查男生的随身物品。教室里顿时哀号四起。

可依然没有找到手帕。就在所有人都无计可施之时，桃转了转脑袋，突然来了一句"我知道是谁偷的了"，接着说出了外号叫"提前吃便当魔王"的男生的名字。

"搜得这么彻底都找不到，肯定是藏在空便当盒里了，我看你不是'提前吃便当魔王'，是'变态魔王'吧。"

桃根本就是瞎猜，自然不会猜中，"提前吃便当魔王"的便当盒里除了米粒什么都没有。

应该从掉落在课桌旁的羽毛出发，进而推测出是鸟叼走的，当时旁观的青急忙捡起羽毛进行了说明。放学后有人在操场上发现了手帕，这才没把事情闹大。因侦探轻率的推理酿成冤案是最不光彩的事。可桃只说了一句"搞错了"，然后嘿嘿一笑。这令青感到非常吃惊，她以为这样就完了吗？而且看她的样子好像真的以为这样就可以了。而实际上，真的可以。看到那人畜无害的笑容，刚刚还被冤枉的"提前吃便当魔王"只是一脸无奈的表情，没有再追究。

这显得焦急的自己像傻子一样。

"你就没考虑过自己漏洞百出的推理要是错了的时候该怎么办吗？"

"总是瞻前顾后的，就什么都做不成了呀。我们还这么年轻。反倒是你，考虑得太多做起事来会畏首畏尾哦。"

桃说完还温柔地拍了拍青的肩膀。搞得好像青才是犯错的那个。

如果还在东京，青大概会当场甩开她的手吧。即便是在绿中，如果换作其他人，青或许同样会那么做。可青只是在桃面前叹了口气。

有一天，青问坐在旁边始终盯着解谜书的桃："我说，桃，你为什么想要成为名侦探啊？"

桃因为一直在思考，眼睛已经变成了@，她看着青说："名侦探身处世界的中心，不是吗？所以当然要以世界的中心为目标呀。"

"世界的中心？位于谜团中心的是凶手。名侦探则身处世界之外。"

"不可能。"桃不停摇头，"凶手是在被揭发之前始终敛声屏气藏在暗处的人。所有与案子有关的人，时时刻刻关注的都是名侦探的一举手一投足。"

她不是在开玩笑，眼神非常认真。

"桃，你想当明星吗？"

"明星什么的是小孩子才会有的梦想。我只是想成为名侦探，只是想成为名侦探然后破案而已。"

很明显，"而已"用在这里并不恰当，但该怎么理解桃这份真挚的热情呢？青陷入了迷茫。至少她不会像其他人一样，一旦事情没有按自己想的那样发展就马上抱怨或是放弃。结果就是周围的人，尤其是青，比她本人还要忧心。

青感觉此时的自己，和躲在电线杆后面看着孩子第一次自己去买东西时的妈妈是一样的心情。可对方明明是跟自己同年的同学啊。不对，自己生日小，严格来说，青还没有桃大呢。

就在前几天的失败还没有彻底被遗忘的第二周，桃在男生的色情漫画突然出现在讲台上这起社死事件中再次制造了冤案，青再次出手相助。原本没打算帮忙的，最后还是忍不住出手了。

结果青因接连破解谜团而受到了同学们的好评，不能再以观察者的立场安静地观察班上的同学了。她与桃不同，对他人的称赞和名声毫无兴趣。观察这个兴趣受到妨碍更令她不满。这也是桃害的。

"桃，你为什么总是不考虑后果就推理啊。"

青本想严厉地斥责桃，结果——

"青，谢谢你，可算是救了我了。"说着，桃脸上露出天真无邪的笑容，握住了青的手。

她都这么说了，自己再发牢骚反而无趣。

自那之后青依然与同学们保持着微妙的距离，但发生问题时来找她的人越来越多。对于这个现象青并没有感到开心。那些人只是把自己当成免费的便利屋了吧。连只要稍微动动脑子就能自己处理的事也来拜托自己，这种情况青自然是当场拒绝。她不想让这些事占用自己消灭图书室推理小说的宝贵时间。结果他们通过桃来拜托。愚者有愚者的狡猾。

而给自己惹来一身麻烦的桃却从来不会找自己帮忙，她总是想要自己解决问题，结果就是失败。不过她也不会反省。这份坚持令人佩服，但以侦探来说她马上就要到极限了。

在某个梅雨的日子里，发生了抢劫案。不是学校里发生的那些鸡毛蒜皮的小事，她们第一次遭遇了真正的犯罪。桃作为以侦探为目标的人，却在目击罪行后慌了神，愣愣地立在原地，没有闲暇观察任何一个细节。就算给她提示，她也只会自信满满地说些不着边际的推理。在她身上看不到一点侦探最需要具备的慎重。

原本以为遇到了志同道合的人，可以切磋一下，怀着这个小小的期待，这一个月以来，青努力忍耐，维系着二人之间的友情。但在这一刻就像飞到屋檐底下的肥皂泡，啪的一声破了。

或许是时候该做个了断了。或许应该让桃放弃，让她也成为自己的观察对象之一。这也是为了她好，犯罪调查可不是儿戏。桃被自己的刑警哥哥当成小孩子看待的时候，她表现出了不满。但老实说，就凭桃那点儿本事，只会像她哥哥担心的那样，使她陷入危险。

第二次去桃家吃晚餐的时候，青已经下定决心要与桃划清界限了。正所谓近朱者赤近墨者黑。

所以她才会像故意展示一般在桃面前发表了自己的推理，让她意识到二人之间的差距。面对青的推理，就连空都感到惊叹。

"小青简直就像名侦探一样。"

继上次之后，空再次坦诚地夸赞了青。之前一直嘲笑名侦探是梦话的空，态度发生一百八十度大转变，最吃惊的人应该是桃。

正如青计划的那样，桃深感自己的无能，并毫不掩饰地陷入低落的情绪。

她放弃成为侦探或许只是时间的问题。

青刚要在心中冷笑。可当她看到桃像只浑身湿透的水豚，整个人无精打采时，青的表情僵住了。

太阳即将西下……

不想看到总是活泼开朗、招人喜爱的桃如此悲伤的样子。如果这个时候把桃推开，就再也看不到她的笑脸了。她今后该不会一直失败，一直这么无精打采的吧?

我不要这样!

就在这时，青突然明白过来，之前一直侵袭自己的饥饿感，以及不知为何这一个月始终保持安宁的饥饿感究竟是什么了。

侦探是孤独的，是剖解谜团的单极子。但同时，推理也是提示和承认的对话。

自己缺少一个华生。

桃成了自己的倾听者，从而使自己得到了满足。

自小学三年级决心成为侦探起，青就一直认为，这个世界是由身为观察者的侦探与被观察者的群众所构成的，并在没有判断对错的情况下始终执行着这个想法。

但她错了。

这个世界实际上是由身为观察者的侦探、被观察者的群众，以及独立出来的华生所构成的。世界不是被分为了两部分，而是三部分。

自己或许真的很固执。这一发现给青带来了巨大冲击，甚至言不由衷地自贬起来。同时，这也是天意。因为刚好能填补自己饥饿感的华生就在眼前！

把陷入绝望、无精打采的桃用缦网捞起，精心地将她培养成华生，二人或许就能一起开花结果。

在文艺社都无法长时间集中精神的桃，在看解谜书的时候也是很快就会睡着，时不时地还会靠在旁边看书的青身上。青心里会嘀咕"好重，妨碍我看书了"，但那种感觉很好。

侦探不是要揭发他人的隐私，就是要贴近凶手内心的阴暗面，每当这种时候心情就会变得颓废，需要一个可以治愈自己内心的华生。为了贯彻不近人情的作风，需要一个华生这样的安全阀。而没什么干劲，同样也没有什么私心的桃，不是非常适合华生这个角色吗？！

真想一直把她留在身边。

接下来，自己必须在为成为名侦探积累研究成果的同时，对桃循循善诱，将她培养成最好的华生。青握住桃的手，在心中暗暗发誓。桃则不明所以地发呆。

但前面还立着一堵高墙。青是只要想做就能做到的那种人，对于成为名侦探这件事没有一丝怀疑。问题在桃身上。

她现在的目标不是华生，而是梦想成为名侦探。这就相当于把想当演员的人转去当幕后工作人员。

自己能巧妙地诱导她吗？桃会心甘情愿地充当华生这个配角吗？

和大多数想要成为名侦探的人一样，桃心里也认为华生是低一个档次的存在。从平时的言行可以窥见，桃计划着将来自己成为名侦探之时，就让当刑警的哥哥给自己做华生。当然，另外一个目的也是到时候能好好揶揄哥哥一番。

看不起华生的桃会主动担当这个角色吗？

当她深知自己没有这份才能时，会不会逃离侦探的世界呢？当她梦想中的名侦探化身小青就在面前，她还会愿意一起赶赴现场吗？

桃与青不同，她喜欢时尚的名侦探，用现在的话说，就是名侦探女孩，说直白一点就是"追时髦"。这类人擅长顺应环境，脱离一个目标之后会马上发现新的目标并朝其迈进，就好像那从一开始就是自己的天命。

一定要想办法拴住桃。

这并非侦探所需的能力，所以对青来说这是一项困难的任务。

必须始终抓住桃的心，吸引她。

而危机很快就来了。

文艺社为了夏季集训来到了青山高原的集训所，在这里发生了凶杀案。因为事发突然，桃再次上演了目击抢劫案时的反应。

青拜托白樫多香美监视楼梯时，桃冲进了大房间，到这里为止表现得还不错,但当她看到西明寺香苗的尸体后,就只是呆立在那里了。看到青跑到尸体身边,桃才总算回过神,战战兢兢地靠过来。以华生来说,这个反应是对的,但以名侦探来说是彻底的失职。

桃大概也深刻认识到了。自那之后,她的表情便失去了光彩,做笔录的时候也只是机械地回答着问题。最后大概是太累了,直接倒头就睡。这样的表现就像是普通的中学生而已。

青的最终目的是让桃放弃成为侦探,但如果还没来得及为其指明华生这条路,对方就掉队了,那可不行。

最关键的是,青不想看到桃丧失自信。

大概只有睡着的时候才能忘记烦恼吧,从平稳的呼吸声可以听出,桃睡得很香甜。青为她盖上一条薄被,看着那张可爱的睡脸,青不知为何陷入了烦恼。当然她也在思考案子的事,把一半脑细胞都分给了推理。

不管人怎么消沉,不吃东西依然会感到饥饿,这是自然的道理。终于,睡醒的桃大口吃掉了空送来的饭团。为了试探,青戏弄了她一下,不用观察也知道她现在很迷惘。

青问低着头一言不发的桃:"你怎么了?"

"我没事。"

这个回答值得称赞。但桃很快就因为空的玩笑而吼出了声。她原本就是那种会将喜怒哀乐挂在脸上的人,现在更是将感情的起伏一一写在了脸上。

"原来是在闹别扭啊。"青冷静地道出了真相,"不过,马上就发现了我话里有话,或许你也意料之外地有成为侦探的潜质。之前还想让你当我的华生呢……"

"什么意思?谁要当华生啊!"桃瞪着这边说:"而且你刚刚

还说'意料之外'！你以为你是谁呀！"

虽然很短暂，但平时那个乐观的桃回来了，可以继续按这个套路来。

"放心吧，你的梦想我会替你完成的。"青乘胜追击，故意说了这么一句傲慢的台词。

桃似乎终于重新振奋精神，说："不需要。我会努力做好侦探的工作，还会先你一步破案！"

桃霍地站起身，用食指指着青。对，对，这样才对嘛。现在放弃还太早了。青扑哧一声笑了。

2

回想这两个月来发生的事，桃就像是青不争气的姐姐。因为青是转校生，桃总想以"老资历"的身份照顾她，可实际上她就像一颗压菜石，压在青的头上。

青没有兄弟姐妹，是独生女。再加上母亲在她四岁的时候就病逝了，所以她对母亲只有模糊的印象。她与班上的同学始终保持着距离。即使是在那件事发生之前，她也从不曾与茜音有过如此亲近的关系。

青感觉，她之所以会与桃走得这么近，多半不是因为二人有着同样的志向，而是因为桃对名侦探天真无邪的憧憬，和虽然毫无计划性，却总是积极向上、无忧无虑的性格使自己放下了戒备之心吧。

爸爸曾经说过，母亲虽然体弱，但是个很能干的人。爸爸还对青说过，"你这么爱较真，应该是遗传自你母亲"。这使得原本记忆里已经变得模糊的母亲形象与安心联系到了一起，同理，青对桃的感觉也与存在于心底某处的平静连接了起来。太不可思议了，或许大多数名侦探都渴望得到华生这副镇静剂。

"快把情况告诉我们吧。"终于拿出干劲的桃催促着空。

空举起一只手拦住桃，示意她等一下，然后把饭团整个塞进嘴里。他花一分钟把饭团咽下，摆出一副"真拿你没办法"的表情准备开始说明。

其实之前空已经把情况都告诉青了，他这么做一是为了公平，二是因为他真的很宠妹妹吧。他们兄妹的感情很好。

"被害人名叫西明寺香苗，是绿中初二一班的学生，排球社的成员。这些桃你应该比我们更清楚吧。"因为可以说是专门为桃说明，所以空始终看着她。

两天前，香苗和其他排球社的成员一起乘公交车来到了这处集训所。她的房间在二楼，她和另外一名同年级的排球社成员同屋，在青她们房间的斜对面。

前天和昨天，排球社和平时一样，完成了激烈的训练，今天上午休息，这些情况和多香美说的一样。

香苗今天早晨九点左右在运动场上跑了一会儿，十点三十分左右回到了集训所。根据和她一起跑步的队员提供的证词，她原本计划训练到午饭时间的，结果突然中止了，不知道是为什么。几乎在同一时间，青她们目击到香苗上了三楼。当时她穿的就是半袖运动服和短裤，由此可知她从运动场回来后就直接上了三楼。香苗上去没多久，就从三楼传来了关门的声音，所以应该是进了案发现场的那个大房间。

现在回想起来，香苗上三楼的时候表情似乎有些严峻。当然也有可能是马后炮，所以空只是把这句话标注在了旁边。

死因是颈部受压导致的窒息死亡，也就是被勒死的，凶器是缠在脖子上的那条黄色毛巾。因为毛巾被扭得很细，所以之前桃看成了绳子。

在观察力这方面青一直对桃很失望，这里就不赘述了。

毛巾是属于被害人的，从运动场回到集训所的时候就挂在她的脖子上。青记得，香苗上楼的时候脖子上有这条毛巾。

"凶手是从背后用那条毛巾勒住了被害人的脖子。被害人喉咙处有好几道挣扎时留下的抓痕。当时她肯定拼命想要把毛巾扯开吧。"

"唔哇——"说着桃捂住了自己的脖子。"感觉比被掐死还要疼。"

"那我还是别往下说了。"

听到空过度保护的发言，桃自然是催促道："不要，快说嘛。"

桃计划等自己成了名侦探，就让空来做华生，但从来没见过如此过度保护侦探的华生。这样组合里的名侦探恐怕永远都无法自立了。所以还是得亲自把桃培养成出色的华生，让她独立才行。

"之后，十一点十五分，莲池尚子同学发现了遗体。"空继续说明。

尚子离开自己房间时，发现大房间的门虚掩着，于是就想过去把门关上。大房间归文艺社使用，与排球社无关，但不由得就想关上。长得有点像年轻时的仁木悦子[1]的尚子是班级委员，性格耿直，上次的色情漫画事件时，女生们都不想碰那本色情漫画，只有她出于责任感把书送到了教职员办公室。

---

[1] 日本推理小说作家，著有《只有猫知道》等作品。

去关门的时候，她顺便往里面看了一眼，想确认有没有人，接着就看到香苗躺在壁挂白板前。她急忙跑了过去，但就像青她们当时看到的，香苗的脖子上缠着毛巾，舌头耷拉在外面，人已经死了。

尚子突然感到很害怕，发出了悲鸣，并当场瘫坐在原地。之后冲进来的高山元树学长也被吓得动弹不得，再之后桃她们就到了。

香苗的头对着门，仰躺在地板上。尚子没有碰过尸体，由此可以推测出她看到尸体时的状态和青她们看到的应该是一样的。当然，如果尚子是凶手那就另当别论了。

现场到处都是文艺社成员的指纹，没有排球社成员的，连香苗的也没有。但如果她当时是站着与人对话，那么没有留下指纹也正常。不过在经过简单的核对后依然有很多不清晰的指纹，所以香苗的指纹也有可能掺杂其中。

青她们属于半强制性被采集了指纹，如果空不是桃的哥哥，青大概当场就会拒绝。警方手里居然有名侦探的指纹，真是奇耻大辱。桃则满不在乎，反而像参加活动一样非常积极地按下了所有手指。

"也就是说，凶手如果是文艺社的成员，会毫不犹豫地碰触房间里的东西，如果是排球社的成员，很可能是在作案之后把指纹擦去了……嗯？友声的指纹留在了现场吗？既然发现了他的指纹……"

友声康晴就是昨天下午没有参加批评会的文艺社社员。同时也是当时身在三楼的其中一人。虽然不同班，但和青她们一样，都是初二的学生。他对太空歌剧[①]风格的科幻类书籍感兴趣。他

[①] Space Opera，科幻文学中的一个类型，故事背景通常都是想象中的外太空。

的个子不高，身体却很结实，看起来应该很擅长运动。他会参加文艺社还挺让人意外的。长相比黑岩泪香①还要和蔼可亲一些。大概是因为他的房间离大房间很远，所以最后才出现，他虽没像高山那样瘫坐在地，但也只能勉强站住，呆立在原地，透过人群的缝隙远远看着尸体。是一般人最正常不过的反应。

"一上来就把同社团的人看成凶手吗？"青无奈地叹了口气。

"友声和你一样，都忘了拿短篇本子，所以昨天晚饭后曾到大房间去取。和你不一样的是，他已经提前看过了。为了在批评会上指出他发现的那些问题，他还做了很多笔记，所以相当不甘心。"

"我只是以侦探的身份确认一下而已，没有把友声或是别的什么人当成是凶手啦。"

空继续说明："大门内外侧的门把手都被人擦过了，没有采集到指纹。"

从某种意义上来说，擦拭外面的门把手时很容易被人看到，所以是最危险的瞬间。

当时没开灯，但窗帘都是敞开的状态，所以房间里很明亮，再加上从电灯开关上采集到了很多凌乱的指纹，所以凶手作案时没开灯的可能性很高。

大房间里还放着备用的桌子和椅子等物品，根据青的记忆，位置和前一天一样。所以被害人与凶手没有展开过激烈的打斗，凶手在白板前默默完成了杀人行为。香苗应该在挣扎前，也就是刚刚遭到袭击时，把手撑在了白板上，她左手手掌上留下了白板马克笔的痕迹。而白板上也的确有某个文字的一部分被蹭掉了。昨天文艺社开批评会的时候用过白板，上面罗列着作品名等内容。

---

① 《万朝报》的创办者。明智、大正时期的新闻记者，侦探小说家。

大房间最里面与大门相对的位置有四组齐腰高的推拉窗，但都被月牙锁锁着。除此之外再也没有其他出入口了，所以凶手肯定是从大门逃走的。

当时青她们在二楼楼梯口处，凶手只能留在三楼。

从楼梯处朝东西两个方向延伸的走廊尽头，各有一个大房间，走廊南北两侧排列着住宿用的房间，朝东延伸的走廊两侧分别有三个房间，西边也是一样，所以三楼共有十二个房间。与案发现场相接的是东边北侧最里面的三〇一号室和对面的三〇二号室。三〇一号室旁边是三〇三号室。走廊北侧的房间号是奇数，由东向西排列，南侧的房间号则都是偶数。

案发时除了被害人，有六名学生待在三楼的房间里。分别是住在三〇一号室的文艺社的高山元树学长；住在三〇四号室的莲池尚子，她同时也是第一目击者；住在三〇五号室，同为排球社成员的界外鹰一，他是高三的学长。

界外的房间位于走廊东侧，所以他比其余四个人提前一步抵达了大房间的门口。高个，平头，长着一张梦野久作那样细长且木讷的脸。青自然是连界外这个名字都没听过，只是看到对方穿着运动服，所以判断是排球社的。

再来说西侧，住在三〇九号室的是排球社的高一的荒木梨沙，住在她对面的三一〇号室的是文艺社的学姐喰代清花，友声康晴住在她隔壁的三一二号室。

荒木梨沙有着阿加莎·克里斯蒂那样的西方人的方脸，给人印象深刻。但青也只了解这么多。以排球运动员来说，她个子算矮的。她的骨头很粗，要是多喝点牛奶，补补脊柱，应该能成长为不错的战力。

喰代清花因为是文艺社的学姐，所以了解得比较清楚。她

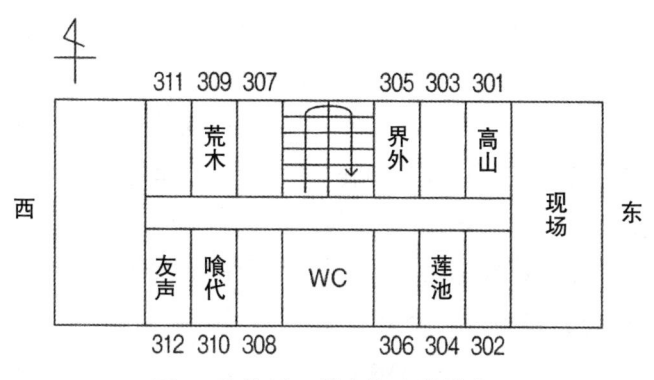

图二 案发时三楼房间内的学生

和大仓烨子①一样，都是眯眯眼美人，气质更像评论家。因为她的姓氏喰代的日文发音是"houjiro"，和噬人鲨的发音相近，而清花的日文发音又是"sayaka"，所以身边的人又叫她"鲨鱼"，她本人大概也很喜欢，还拿这个名字做了自己的笔名。所谓人如其名，她的言辞如鲨鱼牙齿般尖锐，昨天在批评会上直言上之庄学长"都初三了还有中二病"的就是她。

以上这二位是一齐出现在门口的，她们看到香苗的尸体后抱在一起发出了短暂的悲鸣。不过她们之前并没有待在一起，是感觉到外面的骚动才走出房间，只是刚好同时抵达门口而已。此前一直留在各自房间里。

这一点其他人也一样，所以谁都没有不在场证明。

根据学校的安排，这次是两人共住一个房间，所以除了落单的高山学长和清花学姐，所有人都有室友，但好巧不巧，室友不是去自主训练就是去找住在楼下的朋友了。

---

①大仓烨子（1886—1960），日本小说家，本名物集芳子。

香苗的房间在二楼,因此推测她当时应该是去三楼见什么人,不过那六个人都说香苗没有来找过自己。

"人太多了,根本记不住。"桃一上来就说起了泄气的话。那些名字、长相和房间号就像是扔进洗衣机里的衣服,搅成了一团。

"怎么会记不住呢,一半是文艺社的,你都认识,排球社里还有我们的同班同学,像莲池同学。"

"话是这么说……"桃噘起嘴。下一秒似乎突然想到了什么,一把拉过枕边的册子,在背面画起了示意图。

那是高山学长的《假面密室大王》。要是让他知道,自己的作品被人当成传单来用,肯定会伤心吧,虽然有点同情,但里面居然出现了"替罪索(Scapecord)"这种词,就随她去吧,所以青没有阻止。实际上,里面的诡计也非常糟糕。

桃用草书一样的字把房间写好之后,发出了奇怪的感叹:"东西两边刚好都是三个人耶。"

宠爱妹妹的空也傻乎乎地附和道:"真的耶。"

他到底想不想让桃成为侦探啊?青都被搞糊涂了。但如果没有空的协助,自己也无法参与到案件当中,这是不争的事实。所以他对桃美好的兄妹情是不可或缺的。

桃问空:"查到动机了吗?"

空压低声音说:"这关系到死者的名誉,所以千万不能说出去哦。"再三嘱咐过后,他继续说:"据排球社成员提供的证词,被害人的男女关系比较混乱。"

"什么?"桃一时语塞。

大家都是中学生,男生女生交往很正常,青她们班也有几对情侣,但桃对于"混乱"这个形容词还比较陌生。关于这方面,曾经在东京生活过的青经验值就比较高了。

"那就是脚踏两船或者三角关系？"桃有些不明就里地问道。

"混乱"并不一定代表存在肉体关系，但对于中学生来说，接吻就已经很刺激了。而空也深知这一点。

"只是传闻。也有可能是别的什么理由。"

看来暂时还是以恋爱关系为主要诱因在调查啊。

"也就是说，这六个人之中，有男生在和西明寺同学交往，或是有女生在和她抢男朋友。如果对象是友声我还能理解，高山学长看起来并不受欢迎啊。"

这样说太没礼貌了。不过，顶着一张劣质版小栗虫太郎的脸的高山学长的确不像会受欢迎的样子。而香苗颇具姿色，既然能用"混乱"来形容，证明喜欢她的男生很多，所以选对象也会选差不多的。说起来——

"也有可能是表白被甩然后杀人泄愤，或是跟踪狂杀人案。"

听到青的分析，桃用谴责的眼神看着青说："呜哇，好冷血。"

身为侦探这么感性怎么行。而且就算暂且不谈侦探的身份，明显是桃更过分。

"桃，你不希望高山学长是凶手啊。"

"快别说了。"有一瞬间桃的确不希望事实如此，但很快又说，"虽然大家都是学生，但肯定不希望自己认识的人是凶手啊。不过身为侦探，就应该公平地去看待每一个人。"说完她挺起小胸脯。

"怎么样，桃，现在所有情报都摆在面前了，想到凶手是谁了吗？"空用有些存心刁难的语气问道。

青现在差不多明白了。身为哥哥，空既想满足桃的好奇心，又想让她放弃成为侦探。桃的确没有这方面的才能。他肯定不想让可爱的妹妹去参与什么案件，更何况是凶杀案的调查吧。

如果空知道青想把桃培养成华生，引诱她前往现场，会作何感想呢？大概会怨自己，讨厌自己吧。

"嗯……"桃思考了一会儿，说，"我想再看一次现场。不是常说，现场应该去百遍吗。"

*

"感觉就像是换了个房间。"桃环视着案发现场的大房间，大概是因为知道这里是案发现场，总觉得空气是冰冷的。虽说这里是避暑胜地，但在这个炎炎夏日里，房间连空调都没有，怎么会这么冷呢。

站在门口的年轻警官面无表情，但依然可以看出他内心的不满。空边说着"抱歉"边朝他作揖。

青装作没看到，和桃一样环视着室内。

刚刚空挑衅似的问桃，想没想到凶手是谁，其实青也还没理清全貌。现在只是几个零星的点，还没有连成线。

空应该不是故意的，但对青来说，那句话也是对自己的挑衅。之前通过抢劫案那件事，青暂时获取了空的信任，因此如今她才能出现在现场，但如果这次失败，恐怕之前的努力就白费了。因为抢劫案和凶杀案的重要程度差得太多。

而且，如果失去了空的信赖，把桃培养成华生这条路很可能也走不通了。空不可能把青晾在一边，优先让桃进入现场。

"对了，西园寺同学毛发那件事结果怎么样了？"青打起精神，问空。

"哦，那个啊。三楼所有房间都调查过了，没有任何发现。如果从厕所冲走，就无从查起了。"

"这是怎么回事？"桃诧异地看着哥哥。

背后的青解释道："被害人的头发被人从背后剪掉了一些。"

"头发？"桃抓起自己的头发，转身问道。

这个有点呆呆的行为很符合华生的设定。

"对，后脑勺中间位置的几缕头发被人从中间剪断了。那断面呢？"

"鉴识那边说从断面的整齐度看，应该是用剪刀一次性剪下来的。而且断面锐利，还很新，时间应该就是被害前后。"

"那就是凶手在杀死西园寺同学后，剪下了她几根头发？为什么？"桃完全没有思考，而是直接歪着头问。

"确切地说，是十七根。"空认真地补充道，"而且推理原因是侦探的工作吧？"

"话是这么说啦。"桃再次像小孩子似的噘起嘴。"可是之前你没说过呀，现在才说太狡猾了……不过青，亏你能发觉。"

"因为我和你不一样，身为侦探发现这些细节是很正常的。"这句话差点儿就要脱口而出，但如果发出这样的挑衅，之前的努力就白费了。必须慢慢引导，把眼前这位淳朴少女绕进来。

"因为还挺明显的。桃你不是说自己每天都会修剪分叉吗？不可能自己剪成那样。"

"这倒是。那果然是凶手干的？啊，说起十七这个数字，俳句刚好是十七个音。"话说到一半，桃的眼睛开始发光。桃一如既往地热爱着俳句，是完全不会作俳句的那种热爱。

"应该和那个无关。"

"这样啊……十七也是质数。"

"我想与质数也无关。总之，我就拜托你哥哥调查一下有没有人拿走头发。"

调查结果就是刚刚的报告。

"我觉得拿走头发也太不正常了吧，是不是放在了护身符里？如果是的话，那就是跟踪狂高山学长……"

看来高山学长不知不觉已经被桃认定成跟踪狂了。就因为长着劣质版小栗的脸，真可怜。

"上面有可能沾着凶手的血或体液。如果是这样，与其擦掉或洗掉，不如直接剪掉，就没有后顾之忧了。"哥哥冷静地分析道。

"也有这种可能，不过……"

听到青要反驳，空饶有兴致地说："听你的语气，似乎是想到什么了？"

"是的。"青点了点头。她现在必须在空和桃面前展示自己侦探的实力。而且她终于看到了一条线索。或许正如桃强调的那样，"现场应该去百遍"。

"我在想，这里或许并不是第一案发现场。"

"什么意思？"

"我发现西园寺同学的袜子脚后跟那里有些松，可能是凶手抱着她的上半身拖着她造成的。"

学生们在集训所里活动时会穿着备用的拖鞋（一部分男生不穿），香苗被发现时也穿着拖鞋，但只有袜子脚后跟那里是松的。她之前在跑步，不可能不提好袜子就跑，所以青认为这应该与案子有关。

"如果是这样，那么凶手就是在把人杀了之后把被害人拖到了白板前。"

青之前没有告诉空袜子的事，所以不只是桃，他也很惊讶。

"假设凶手在自己的房间里行凶,被害人倒下时头发缠在了房间里或是凶手的某样东西上会怎么样呢?怎么也解不开,只好剪下来。如果随便将尸体遗弃在什么地方,很容易就能看出那里不是第一案发现场,那就麻烦了。就算把剪下来的头发全都处理掉,也不能保证房间里没有半点残留。误导别人以为放有剪刀的白板前是第一案发现场,反而比较安全。所以凶手又用被害人的手掌蹭了一下白板上的文字,如此一来,所有人都会认定,这里就是第一案发现场了。"

昨天下午的批评会上进行了职务抽签,所以剪了一些纸条做签。当时用过的剪刀就放在白板旁边的铁制收纳架的抽屉里。青在确认西园寺头发被剪,到发现袜子松了之前,也一直以为凶手就是用抽屉里的剪刀剪的。

"所以……"

"我知道了!"桃突然出声打断了青,"我知道了!我知道谁是凶手了!"

青的推理还没结束,桃就强行打断,开始发表自己的主张。没有一点侦探的风度。

"真的吗,桃?"

空看桃的眼神真实地表现出了半信半疑,不,应该是一信九疑的态度。而那一成的信任也是出于对妹妹的宠溺。即便她注定不会成为侦探,只会成为青的华生。

"这里也有把剪刀。"说着,桃直接拿起放在窗边桌子上红柄的裁缝剪刀。

这把剪刀也是昨天下午批评会的时候用过的,会议刚开始,桃发现自己拿到的那本册子里有一页订反了,于是当场剪下来重新贴了上去。当时把剪刀从桌子下的收纳箱里取出来用完后,就放在桌子上了。

"颜色这么红,更容易让人发现,所以凶手用的是这把。"

桃哼了一声,盯着青。看来她无论如何都想抢在青之前把这些话说出来。

"可是,那把剪刀还在昨天你放的位置,没动过啊。凶手有必要在用过之后特意放回原位吗?"

"因为他不想让人知道自己用过这把剪刀。那样人们就会把注意力放到窗边来。而且他大概觉得,稍微剪那么几根头发警察是不会发现的吧。要是女生可能会注意到,男生一般根本不会在意头发什么的。"

听她的语气,已经认定凶手是男生了。不过,排球社的男生都是短发,文艺社的男生也大多不会在意头发。桃说的也有一定道理。

"就假设用的是那把剪刀吧,那你是怎么知道凶手身份的呢?"

"关键的来了。"桃得意地左右晃着竖起的食指,晃动的节奏俨然一段复杂的切分音,不愧是一部电视剧反复看很多遍的人,学得惟妙惟肖,让人不禁产生她真的是名侦探的错觉。

"刚刚青已经说了,凶手故意用被害人的手擦掉马克笔写下的字,就是为了让人误以为白板前是第一案发现场。也就是说,凶手不想让人知道,这个窗边才是他真正行凶的地方。因为……"

桃卖关子似的停了几秒,继续说:"要是发现窗边才是第一案发现场,那就麻烦了。其实凶手是从窗户进来的!"

桃扳下月牙锁,打开窗户,把头探了出去。然后看向建筑物右边的角落,说:"看,那里有排水管。凶手就是顺着排水管从外面爬上三楼，然后进入这个房间的。"

"凶手是杂技演员吗？"

"我知道谁能做到。他小学时曾经上过攀岩课，非常擅长爬墙。这个人就是排球社的出山同学。"

说完，桃露出了就连盛夏的太平洋都比不上的耀眼的明朗笑容。

出山同学，是初三的男生，还是出人意料地是个女生呢？如果是初二的，青肯定对这个名字有印象，那就是初一或者初三的？总之，青脑子里没有输入过这个名字。理由很简单，因为这个人并不是当时身在三楼的嫌疑人之一，也就是说……

"服了，服了。"青重重叹了口气。老实说，很失望。就算是华生也太离谱了。华生的推理也要说在点子上，连重点都没抓住的推理毫无意义。看来今后必须用爱的鞭子好好鞭策她了。

"我觉得你应该把视野放宽一些。"

青一声不响地靠近窗边，然后指着正下方，那是被酷暑的阳光炙烤着的练习用运动场。

"现在大家都回到了自己的房间，但案发前有人在运动场上自主训练。西明寺同学在出事前也在那里跑步。有人能在众目睽睽之下顺着排水管爬上三楼吗？而且窗户上的月牙锁是锁着的，所以可以肯定，凶手在杀人之后一直留在室内。可当时在三楼的人里没有出山同学。"

"他可以从某个空着的房间用同样的方法逃走呀！凶手不一定是留在三楼里的人。所以这张图一点用都没有。"

桃把自己画的示意图丢到青面前。

"出山英明的房间在二楼，假设他真的是从三楼爬下去的，那必定会使用空房间。空房间都没上锁，所以也不是不可能……"

不愧是刑警，看来他已经将每个人的全名都准确地记在脑子里了。的确像桃期望的那样，擅长事务性工作的空或许真的很适合做华生。但青想要的是桃。

"不管是爬下去还是爬上来的时候，无论从哪个位置都会被人看见。先不说凶手是不是出山同学，任何人都没理由冒这样的险。我们在卫生间前聊天，我拜托白樫同学监视楼梯，这些都是凶手没有想到的。所以他应该也没料到嫌疑人的范围会缩小到六个人这么少。"

"那他也绝对是从窗户进来的。"桃的语气中带着不甘。

看来她还没有彻底放弃挣扎。

"如果是半夜还能理解，大白天爬排水管实在是太欠考虑了。"

空站到了青那边，桃不甘心地先后瞪了哥哥和青一眼。

"那，"桃的声音有些嘶哑，看来她也感觉到自己错了，"那……"又重复了一遍。

她接着说："青，你觉得谁是凶手？"

糟糕，她要哭了。自己的态度是不是太冷淡了？青后悔了。她自己清楚，一牵涉到推理，她就会特别认真。现在的目的不是打击桃，而是温柔地引导她成为华生……不过这恰恰不是青擅长的领域。正因为如此，她才更需要桃这样的华生。

总而言之，等事后再好好安慰桃吧，现在还是先让她明白在侦探这方面二人之间的差距比较好。而且在捡起桃扔掉的示意图时，青总算将推理的思路整理好了。这是没想到的副作用。

"首先，继续刚刚的话题，由现场没有留下被剪下来的头发以及袜子松了这些情况可以推断出，头发不是在这里被剪下来的，即第一案发现场另有他处。而凶手想让人误以为这里才是杀人现场。"

"也就是说，凶手是在别的房间里杀的人？"问话的人不是在闹别扭不肯吭声的桃，而是空。

青当然希望提问的人是桃，但这个时候也不能奢求什么。

空在拜托鉴识人员分析毛发的时候大概就已经想到了这种可能性，所以他的表情中没有惊讶。

"应该是凶手的房间。剪刀应该是房间里原本就有的，或是凶手自己带来的。刚刚我也说过，只要房间里留下了一根头发，凶手就完了。所以凶手才想让我们误以为这里是第一案发现场。重点是，如果以上推理是正确的，那么选择把尸体放在这里的凶手，肯定知道这块白板旁边的收纳架里放着剪刀。"

"原来如此。"空抱起胳膊点点头，"如果凶手不知道这里有剪刀，应该会把尸体放在更醒目的红色剪刀所在的窗边。"

"而且我们在昨天下午的批评会上用过这把剪刀，而排球队开会使用的都是二楼西边的大房间，没有社员来过这个房间。"

"也就是说，凶手是文艺社的人。"得知凶手很可能是桃她们身边的人，空的眉头皱得更紧了。

"准确地说，是除了友声以外的文艺社成员。因为友声当时迟到了，晚饭之后才出现。因此可以锁定，凶手就在高山学长和喰代学姐之间。"

"可是，友声在晚饭后曾去取过册子，也有可能在那个时候偶然发现了剪刀。"

桃终于肯开口了。不愧是喜欢侦探电视剧的人，她虽然心里不舒服，但依然对青的推理有兴趣。

对，就是这样。桃，保持这个状态，记住这种近距离聆听名侦探推理的快感吧。让你无法逃出最先得知真相的快乐……青在心中向神佛和法水①祈祷，表面上不动声色，用侦探该有的表情看着桃。

"另一个理由可以证明友声不是凶手。"

"另一个理由？"

"如果说杀人现场是另外一个地点，而凶手又不得不将尸体从那里转移，那么，那个地点只可能是凶手的房间。如果是西侧的大房间或其他空房间，直接放在那里就好了，没必要非得冒险将尸体运到这个大房间。据我猜测，西明寺同学提前结束自主训练，是去了凶手的房间。"

"到这里都能理解，那么友声被排除的理由是什么呢？"空有些着急地介入了二人之间的对话。

这时青才注意到，自己刚才不是在为刑警说明案情，而是在对着华生热情地发表推理，看来自己还不够成熟啊。

"就是房间的位置。刚刚我也说过了，大白天拖着尸体穿过走廊是很危险的行为。而且在推定的死亡时间段里，我们一直在二楼的卫生间前，也就是二楼的楼梯前聊得热火朝天。在那个位置，连三楼关房间门的声音都能听到，反过来说，我们的声音也通过楼梯传到了三楼的走廊。如果凶手的房间在西侧，还有可能穿过能听到楼下声音的楼梯，把尸体运到东侧的大房间吗？为什么不扔进西侧的大房间或其他空房间，一定要运到东侧来呢？"

"也有可能凶手认定空房间都上锁了呀。在这之前我也不知道那些门都是开着的。"桃接过示意图，就像是在解读象形文字，硬着头皮反驳道。

---

①法水麟太郎，小栗虫太郎笔下的侦探。

很像华生会提出来的反驳。青满意至极地说："如果是你的话，在搬运尸体前，你会不会先确认一下？就算不记得个别空房间的位置，西侧的大房间也还空着呀。"

"这个……"桃的表情像一只松鼠，说不出话来，"那你的意思是，高山学长是凶手？"

"你刚才不还把他说成跟踪狂吗，怎么这会儿又不满意了？喰代学姐和友声都住在三○七号房间西侧。住在东侧的三○一号室到三○六号室，又是文艺社成员的就只有高山学长。"

这才是名侦探……青想把这一刻印在桃的脑子里，让她永远对自己着迷，因此强而有力地发表了这段讲解。

你就乖乖做华生吧。

3

"可是……"比刚刚更加冰冷的室内响起了桃微弱的声音。

"我还是觉得不对。"桃的表情很纠结，仿佛杀人的是她。

"桃，你就不能干脆点承认吗？"

"我想尊重自己的直觉，因为灵光一闪才是名侦探的全部。"

原来如此，她还没有放弃成为侦探吗？但这也正常，桃立志成为侦探的时间比青还要久，这个愿望已经在她心里埋藏了将近十年了，不是轻易就能舍弃的梦想。如果她轻易便舍弃了，青反而会失望吧。

但是，桃，你早晚会舍弃那个梦想，成为我的华生。我会让你看到新的希望。

"你还想说窗户的事吗？"空已经彻底倾向于青的说法，他叹着气问桃。

他的身体虽然纹丝未动，但心里肯定想尽快把高山逮捕。可以想象，他肯定从小就不知道该拿任性的妹妹怎么办才好吧。

"哥哥别说话。"桃厉声喝止哥哥，完全不顾及可能会弄皱裙子的下摆，一屁股坐在折叠椅上，开始不停地转她的小脑袋。

这是在练瑜伽还是在修行，该不会是打算创立个新的宗教团体吧。

华生是一教之祖，这倒是挺新颖的，但青不同意。她可不想看到桃巧言令色地到处卖壶的样子。青刚想开口劝她，而此时桃的脖子弯得不能再弯了，已经超过了九十度，眼看头和身体就要分家，下一个瞬间——

"俺晓得了！"桃怪叫。

起初青还担心桃是不是脑子不正常了，只见桃露出仿佛便秘几天之后终于通畅的表情，说："我终于搞明白，为什么我会直觉认为，尸体是从窗户这里被移过去的'为什么'是为什么了。"

这是无法进行逻辑性思考的人特有的复杂文法。就像翻译得很烂的英文，让人恼火，但很可爱。桃真的很开心，仿佛能看到她头上冒出来的灯泡里的灯丝正在烁烁放光呢。

"你知道什么了？"青的声音没有任何抑扬顿挫。

桃嘴角露出满意的笑容，说："尸体的方向……青推理出尸体曾被人移动时，不知道为什么，我始终觉得是从窗户这边移过去的，现在我想明白是为什么了。还记得吗，西明寺同学的头是冲着门口的。"

桃很兴奋，身体不由得前倾，继续说明。每说一句话，那两条从水手服袖口伸出来、被晒得有些黑的手臂都会夸张地张开。

"如果正如青所说，凶手是抱着被害人的上身，把她从外面拖进来的，那一般来说最后应该是脚朝着门口，头朝着东侧的窗户。根本没必要把尸体掉个头吧？所以西明寺同学就是从窗户那里被移动到这里来的。"一口气说完，桃露出"怎么样？我聪明吧"的表情，挺起胸脯。

"怎么可能……"青混乱了。眼前的世界仿佛积木一样散落一地，又重新构筑起了新的模样。

这大概是自己十三年的人生中第二次陷入混乱。第一次是听到母亲化作星星的时候。幼小的她准确地理解了，那是对死亡的比喻。

青之所以会陷入混乱，是因为桃的推理是正确的。

她从一开始就认定，桃的推理肯定是错误的。打从心底看不起桃的灵光一闪，在她眼里那就相当于华生要在名侦探面前发表推理，根本就是一场儿戏。

可……头对着门口的理由是令人信服的。青急忙想要组织用以否定的逻辑，但她失败了。

桃说得没错，如果尸体是从外面运进来的，那么尸体摆放的方向就显得很不自然。凶手再次抱起尸体，用被害人的手掌去摸白板的时候方向反过来了？不对，青在脑中模拟了一下，太牵强了。以抱起来的尸体为轴心转动，支在那里的腿会碍事。青想不出凶手一定要不嫌麻烦地主动改变尸体方向的理由。假设搬运尸体的是两个人，那么改变方向不算什么难事，但那样就与袜子脚后跟位置的松弛矛盾了。那是只有一个人拖拽尸体才会产生的线索。

因想不出反驳的根据，走进死胡同的青再次意识到了"因为是桃的推理，所以要否定"这个根本性的错误。不能继续丢侦探的脸了，现在不是死要面子的时候，身为理论的使者，还是老老实实承认……

之所以会有这样的犹豫，并非出于对桃的竞争心理，而是因自己没发现这个线索而受到了打击。自己居然完全没注意到这个细节。

在通过线索推理出尸体被移动过之后，青自动就得出了这里并非第一案发现场，尸体是从外面搬进来的这个结论。这是侦探不该出现的预断、欠缺考虑、先入为主。

谁能想到只是从窗户那里移动了数米而已。不，如果窗户没锁或许就会考虑到这个可能性了。一旦纳入可能性的范畴，理所当然会意识到尸体头部位置的不自然……可是，事到如今，这些都只是丑陋的狡辩，是垂死挣扎。自己是用"移动＝从外部"这个固有思维模式去思考，而桃不是在用逻辑，而是靠直觉去判断，或许正因为如此，思维才更加灵活。自己是不是真的很固执啊。

居然以这种最糟糕的形势证实了这一点。

必须重整旗鼓。但如果移动尸体是在这个房间内进行的，那么之前构筑的推理就会被彻底推翻，化为灰烬。桃的哥哥虽然平庸，但再怎么说也是刑警。在刑警面前解谜时失败，恐怕这会是自己名侦探生涯中的黑历史了。

在一片寂静之中，青急了。右手捂住马上就要发出混沌之声的嘴，左手放在怦怦跳动的胸口。

"我的推理到底怎么样呀？"桃的表情就像是终于解开了长久以来折磨自己的九连环，她满面笑容地问道。

是被桃看穿了吗？她用野性的嗅觉感知到了自己藏在扑克脸下的狼狈吗？

让桃做华生，自己做名侦探，无拘无束展翅飞翔的目标……今后还要强行给桃套上华生的壳子，对她进行洗脑吗？

不，必须彻底改变认知。

青并不讨厌桃脸上这种得意的笑容。无论何时，都觉得这样就很好。

说到底，自己是为了同时完成"把桃留在身边"和"想要一个华生"这两个心愿，觉得这或许就是天意，才想到要把桃培养成自己的华生的。因为桃的确缺乏侦探的资质。她不够冷静，观察力不足，也不具备逻辑性思维，除此之外还有很多缺点。就像是用了上百年，已经破烂不堪的木梳的梳齿。

只是，桃或许拥有与青不同的，另一种意义上的适合当侦探的能力。那就是被直觉眷顾，拥有道理占据完全上风的自己所没有的灵光一闪。现在回想起来，以灵光一闪来说，把手帕藏在提前吃完的便当盒中这个想法还不赖，至少青当场想不出来。如果不是把她培养成华生，也不让她成为自己的竞争对手，而是让她以搭档的身份来弥补自己的不足……

只要她依然以名侦探为目标，以名侦探的身份与自己共同活动，就能永远在一起了。可是，万一桃也掌握了逻辑性思维，有可能会单飞……

"五十分。"青面不改色地撒了谎，"再稍微努力一下分数会比这个更高。"

青说完装作若无其事的样子转过身看着空，说："这次我知道凶手是谁了。刚刚的推理撤回。"居然如此干脆地做出修正，连青自己都吓了一跳。

面对这突如其来的展开，空还没有反应过来。看来他没发觉桃的直觉是正确的，还以为高山才是凶手呢。

凭桃的能力，后面的事她肯定推导不出来。桃应该还不具备那种程度的逻辑思维头脑。接下来就是我的责任了。而且必须让桃需要我，得让她觉得，没有我她就当不了这个侦探。

两个人组成侦探组合，既然桃喜欢芭蕉，那就干脆叫桃青①组合吧。我们就是明日之星。

与之前想要凭蛮力让桃屈服于华生的身份不同，如今青处于被动状态，这样的转变还是让她有些不甘心。但与侦探的未来比起来根本不算什么。

逻辑性思维对于青来说如同探囊取物，她当场重构了案件。只要有支点，再将所有必要的因素归拢起来，重新构筑是很简单的事。

"正如桃推理的那样，凶手是从窗边将尸体搬到这里来的。那你知道为什么吗？"

"当然是为了掩盖其实是在窗边杀人的事实咯。所以凶手果然是从窗户……"

这样的无效推理将会将刚刚的精彩推理一笔勾销。不过这两个推理在桃心里应该是等价的吧。

"错。是为了掩盖去那里取剪刀这件事。"

"取剪刀？"发出疑问的人是空。他感觉到了气氛的变化，做了一个整理衣领的动作，端正态度向青确认道。

"对。如果被害人手掌上的马克笔痕迹是挣扎时留下的，那么杀人之后再将尸体挪到窗边就太明显了。案发时，被害人的头发缠在了凶手身上。为了把头发剪断，凶手把被害人拖到了放着剪刀的窗边，然后再返回这里。于是，头部就朝着门口的方向了。"

"你的意思是说，凶手带着尸体一起往返于白板和窗户之

---

① 松尾芭蕉的俳号。

间?"

不愧是在职刑警,空问到了点子上,他远比桃更适合做华生。对啊,只要桃在,她的哥哥空自然就会跟过来。把空的注意力吸引到自己身上,兄控的桃就会产生竞争意识,就更不会离开自己了。鱼与熊掌兼得。

"是的。反过来说,正因为被害人碰到白板,手掌沾上了马克笔的痕迹,凶手才无法将窗边伪造成现场,所以不得不把尸体又拖了回来。由此可知两个事实。第一,凶手并不知晓收纳架里剪刀的存在,所以才会在巡视房间后看到了窗边的剪刀,并拖着尸体去取。"

"那凶手就是排球社的界外同学或莲池同学了?"桃看着经历曲折、皱皱巴巴的示意图问道。

"既然已经确定第一案发现场不是凶手的房间,刚刚围绕房间配置的推理就可以忘掉了。"

"那就是说,排球社所有成员都是嫌疑人吗?和刚刚正相反。"空疲惫地嘟哝着。

"还有迟到的友声。"青冷静地补充道。

"第二,西明寺同学的头发不是缠在了凶手身上的某样物品上,而是直接缠在了身上。假如只是缠在书包、手表或是眼镜上,只要把尸体留在原地去窗边取剪刀就行了。就算近视度数再高,拿个剪刀应该还是没问题的。所以没必要移动尸体。"

"原来如此,那又代表什么呢?"

"排球社成员穿的都是运动服。唯一会勾住头发的只有女生的耳环,但学校规定不许戴首饰,就算偷偷打了耳洞也不会在集训期间戴着耳环,那样做根本就是自己往枪口上撞。所以,排球社成员身上没有会勾住头发的东西。而被勒住时头发会缠住的东西，也就只有立领衬衫的扣子或水手服的拉链了，而且除了一个人，其他文艺社的成员都知道收纳架里有剪刀这件事。"

"是友声……"桃的声音有些颤抖。

"男人比较粗心，大概觉得只是剪了几根头发，没人会发现。据我猜测，案发时友声应该是有什么事来到了大房间。也许和桃一样，发现册子订错了吧。然后在操场上跑步的西明寺同学看到了站在窗边的友声，于是匆匆忙忙赶到大房间。恐怕二人之间有什么感情纠葛。只要调查友声立领衬衫上的扣子或是缝扣子的线，大概就能发现刚刚跑完步的西明寺同学的汗液。"

这次肯定没错。在桃的帮助下找到了正确答案。这是二人的第一次合作，共同切开了推理这块蛋糕。

"我能做的到此为止。后面的事就要拜托空哥了。"为了向桃展示自己的实力，青再次声音洪亮地说道。

"是友声……"桃再次低声嘟囔，用复杂的眼神看着青。

青之前还在担心，桃该不会喜欢友声吧。但现在看来，她只是因为意识到了二人在侦探方面的实力差距而陷入沮丧而已。

想帮她，想拴住她。

"但是，桃。"青握住桃的双手，然后把脸贴近桃。青还是第一次如此近距离地盯着别人的眼睛看。

"你虽然得了五十分，但和之前比已经成长了许多。所以你没有降级成华生，但我随时都能让你降级……"

青的话还没说完，桃就像换了个人，脸上恢复了笑容。手中握着的那双手也温热了起来。桃原本就是不服输的性格，为人又乐观，用不会彻底将她压垮的激将法很有效。

"我很快就会追上你，然后早晚让你做我的华生。"桃用带有温度的手反过来紧紧握住青的手，眼含泪珠地说出了这句宣言。

对，这样才对。对了，桃是模仿型，在灵光一闪之后让她咏上一句或许她就会成长。至于那句神秘的"俺晓得了"，就先保留吧。

青空虚的内心不知何时已被蓝色的大海填满，她相信早晚会在丰饶的大海对面观测到新世界。为此，必须保证不会让桃失望，继续前行。

在很长一段时间里，青始终认为，这个世界分为观察者与被观察者，也就是侦探与群众两个部分。一个月前她得知，世界原来可以分为侦探、群众和华生三个部分。

而眼下，世界开始呈现出自己、桃、群众与华生四个部分。世界会就此停止胎动吗？世界究竟能分成几个部分呢？青感觉自己就像是在观察受精卵的成长。

青仿佛要探寻可以无限打开直至深渊的对照镜深处的真理，看着桃平静的瞳孔，以及映照其中的自己的瞳孔中的桃的瞳孔，就这么永无止境地看下去。

MORE THAN FRIENDS BUT LESS THAN DETECTIVE
© Yutaka Maya 2018
First published in Japan in 2018 by KADOKAWA CORPORATION, Tokyo.
Simplified Chinese translation rights arranged with KADOKAWA CORPORATION, Tokyo
through JAPAN UNI AGENCY, INC., Tokyo.

图书在版编目（CIP）数据

朋友以上，侦探未满 /（日）麻耶雄嵩著；赵滢译 . —— 北京：新星出版社，2023.7
ISBN 978-7-5133-5248-2

Ⅰ . ①朋⋯ Ⅱ . ①麻⋯ ②赵⋯ Ⅲ . ①推理小说 – 日本 – 现代 Ⅳ . ① I313.45

中国国家版本馆 CIP 数据核字 (2023) 第 106076 号

午夜文库
谢刚 主持

朋友以上，侦探未满
［日］麻耶雄嵩 著；赵 滢 译

责任编辑　刘　琦
责任校对　刘　义
责任印制　李珊珊
装帧设计　hanagin

出 版 人　马汝军
出版发行　新星出版社
　　　　　（北京市西城区车公庄大街丙 3 号楼 8001　100044）
网　　址　www.newstarpress.com
法律顾问　北京市岳成律师事务所
印　　刷　北京美图印务有限公司
开　　本　910mm×1230mm　1/32
印　　张　7.375
字　　数　171 千字
版　　次　2023 年 7 月第 1 版　2023 年 7 月第 1 次印刷
书　　号　ISBN 978-7-5133-5248-2
定　　价　48.00 元

版权专有，侵权必究。如有印装错误，请与出版社联系。
总机：010-88310888　传真：010-65270449　销售中心：010-88310811